Martin Stiefenhofer/Anna Elisabeth Röcker/Udo Neumann

Entspannungs-übungen für Vorschulkinder

D1995972

Übungsprogramme und Praxistips für Erzieherinnen und Eltern
Mit Sonderteil: Yoga und autogenes Training für Kinder

SÜDWEST

Inhalt

Vorwort

In den letzten Jahren verstärkte sich das Interesse von Eltern und Erzieherinnen am Thema »Entspannung für Kinder« deutlich. Im Vordergrund steht dabei die Einsicht auf der Basis alltäglicher Erfahrungen, dass in der heutigen Zeit der multimedialen Beeinflussung und des allgegenwärtigen Leistungsdenkens der Raum zur freien und ungestörten Entfaltung der eigenen Phantasie für Kinder immer kleiner wird.
Schon im Kindergarten und in den untersten Schulklassen sind der Leistungsdruck und das Konkurrenzdenken immens, und störungsfreies Lernen scheint eine Grundvoraussetzung für eine erfolgreiche spätere Lebensbewältigung zu sein.

Nach neuesten Untersuchungen an deutschen Schulen leiden etwa 20 Prozent aller Schulkinder unter Spannungskopfschmerzen. Das heißt in der Regel, dass eine Überforderung vorliegt, beispielsweise in Form von gestörtem Schlaf, zu lauter Musik, zu viel Fernsehen und Bewegungsmangel.

Erholung für die Seele

Entspannung und mit ihr die Bewältigung der eigenen Probleme und Blockaden haben also einerseits eine ganz praktische Funktion. Andererseits verhilft die Entspannung den Kindern zu einem notwendigen Freiraum eigener Phantasietätigkeit und unverkrampfter Selbstbeobachtung, die in den letzten Jahren immer stärker in den Hintergrund gedrängt wurde. Zunehmend regiert schon im Kleinkindalter das Fernsehgerät den Tagesablauf.

Vorgegebene Bilder und stereotype Handlungsabläufe ersetzen die Kreativität der kleinen Zuschauer, sie hemmen die Kommunikationsfähigkeit der Kinder mit anderen und mit sich selbst, ihren Gefühlen und Ängsten. Wann schon wird das Gesehene diskutiert und werden die Gefühle und Fragen, die sich daraus ergeben, zum Thema, wie es eigentlich geschehen sollte?
Kein Wunder also, dass der Bedarf der Kinder nach Entspannung, Ruhe und Reflexion als feste Größe immer wichtiger wird. Entspannung sollte so früh wie möglich eingeübt werden und einen festen Platz im Tagesablauf der Kinder erhalten.

Die Atmosphäre ist entscheidend

Um Entspannungsübungen mit Kindern durchzuführen, müssen Sie keine therapeutische Ausbildung haben. Allerdings sollten Sie Übungen dieser Art selbst ausprobiert haben. Dann können Sie nachvollziehen, was bei den Kindern im Lauf der Entspannungsphasen an körperlichen und seelischen Sensationen geschieht, und dementsprechend reagieren. Die in diesem Buch gezeigten Übungen sind allesamt ohne weitere Ausbildung durchführbar, ob zu Hause allein mit dem eigenen Kind, ob als Tagesmutter mit einer Kindergruppe oder als Erzieherin im Kindergarten. Ein wenig vorsichtig sollten Sie lediglich dann sein, wenn ein Kind in der Gruppe sich besonders auffällig verhält und Sie noch nichts Näheres über die Gründe wissen.

Was Sie dazu benötigen, ist wenig: genug Platz in einem leicht abgedunkelten, gut gelüfteten Raum, so dass alle Kinder bequem auf einem Stuhl sitzen oder noch besser liegen können, vielleicht Matten für die Kinder, wenn auf dem Boden kein warmer Teppich liegt, und das Vertrauen ihrer kleinen ZuhörerInnen.

Und dann kann sie losgehen, die Reise in die Welt der Entspannung, die den Kindern manche Tür öffnet und ihnen hilft, besser mit sich und ihrer Umwelt umzugehen.

Entspannungs- und Imaginationsverfahren haben in anderen Kulturen eine alte Tradition. So arbeiten Indianerväter mit ihren Kindern nächtliche Träume durch und regen sie an, sich dazu Lösungen vorzustellen, die auch für die Realität gültig sind.

Nichtstun, mit allen Sinnen spüren, zueinander finden – in unserer heutigen Zeit ein kostbares Geschenk, das es zu pflegen gilt.

Entspannung – wichtig für Vorschulkinder

Kinder im Vorschulalter

Neben einem immensen Fortschritt in der Sprachentwicklung bekommen Vorschulkinder eine immer deutlichere Vorstellung von sich und ihrer Umgebung. Daher ist es spannend für sie, sich selbst darin auszuprobieren und zu erfahren.

Die Entwicklungsphase etwa vom dritten Lebensjahr eines Kindes bis zur Einschulung mit sechs oder sieben Jahren ist einer der spannendsten Abschnitte für alle, die mit Kindern zu tun haben. Spricht es mit zwei Jahren vielleicht ein paar Dutzend Wörter, so erweitert sich der Wortschatz des Kindes in den darauf folgenden Monaten sehr rasch.
Mit etwa drei Jahren beherrschen die meisten Kinder mehrere hundert Wörter, bilden mühelos Sätze, fragen viel und erzählen komplexe, langatmige Geschichten. Zum ersten Mal wird ihnen bewusst, was »Ich« und »Nichtich« heißt. Damit erkennen sie sich auch als von ihrer Umwelt getrennt. Dieser Entwicklungsschub versetzt sie in die Lage, stärker mit anderen zu kommunizieren, Ansprüche, Probleme, Ängste und Konflikte mit Sprache auszudrücken. Doch noch oft reicht die Sprache nicht so weit wie das Fühlen, und so kommt es manchmal zu Streit, Wutausbrüchen und Tränen.

Zorn

Kleinkinder drücken stärkere Gefühle meist mit Zornesausbrüchen aus. Eltern und Erzieher sollten dem Kind helfen, seine Gefühle in Worte zu fassen.
Dem Alter entsprechend muss dem Kind Verständnis für seine Gefühlsäußerung entgegengebracht werden. Dabei darf es nicht das Gefühl bekommen, nicht ernst genommen zu werden.
Vielmehr sind Fragen in ruhigem Ton angebracht wie: »Was ist denn passiert?« – »Warum regst du dich so auf?« – »Wer hat dich geärgert, dass du so wütend werden musst?«
Meist beruhigt sich das Kind dann und kann sagen, warum es zornig wurde.

Phantasiewelt und Entspannung

Kinder im Vorschulalter haben nur eine ungenaue Vorstellung von dem, was Erwachsene für logisch halten, was richtig und wahr ist. In ihrer Phantasie herrschen noch Superhelden und Märchengestalten, aber auch Monster, Räuber und gefährliche Tiere – und die Angst vor ihnen. Erst allmählich eignen sich die Kinder durch Beobachtung, Rollenspiele und Symbolentschlüsselung Logik und eigene Urteilskraft an. Dies steht im Zusammenhang mit der Erkenntnis, dass sie selbständige Wesen sind.

In dieser Umbruchphase ist dem Kind die Welt des verantwortungsfreien Handelns noch nahe, es will aber schon die Umgebung durch eigene Ideen beeinflussen. Das gelingt nicht immer, und oft kommt es bei temperamentvollen Kindern zu Aggressionen und heftigen Zusammenstößen mit den Eltern. Man nennt diese Zeit auch »zweite Trotzphase« oder »kleine Pubertät«. Zurückhaltendere Kinder dagegen lassen sich durch Misserfolge leichter entmutigen und wirken manchmal frustriert und ängstlich.

Eltern und Erzieherinnen kommt insbesondere bei aggressivem Verhalten der Kinder zunächst die Rolle zu, ruhig zu bleiben und damit den Kindern als Vorbild zu dienen, dass man Regeln begreifen und sein Temperament zügeln kann. Auch wenn das Selbstwertgefühl der Kinder vorübergehend in Gefahr zu geraten droht, sollten ihnen Eltern und Erzieherinnen auf dem Weg zu einem positiven, stabilen Selbstbild helfen.

In der »magischen Phase« leben Kinder in einer erfundenen Welt. Für sie gelten die Gesetze der Erwachsenen noch nicht. Und auch wenn es manchmal so scheinen mag: Ihre Geschichten dürfen keinesfalls mit Lügen verwechselt werden.

Emotionen leben lassen

Vorschulkinder haben es noch nicht verlernt, Empfindungen zu zeigen. Sie können völlig spontan in Tränen ausbrechen, wenn sie enttäuscht sind, oder schütten sich aus vor Lachen über einen ungeschickten Erwachsenen. Vermeiden Sie es, die Scheu der Erwachsenen vor offenen Gefühlsregungen auf sie zu übertragen. Dazu gehört, dass man Kindern gestattet und sie ermuntert, Gefühlsregungen zu zeigen, und entsprechend darauf reagiert.

Sie als Eltern oder Erzieherinnen erkennen schnell, wann Kinder allzu aufgeregt oder aufgedreht sind und eine Entspannungsübung, eine Geschichte oder ein Spiel angebracht wäre. Das Kind selbst ist dazu noch nicht in der Lage. Es kann seinen Zustand noch nicht in Worten ausdrücken.

Bei Verhaltensstörungen, aggressivem Verhalten, Konzentrationsstörungen und verschiedenen Angstformen können Entspannungsübungen bedeutende Hilfen sein.

So funktioniert Entspannung

Verschiedene Wechselwirkungen

Entspannung hat immer mit Loslassen zu tun. Wer Sorgen hat, kann sich einem Zustand der Gelöstheit nicht hingeben. Da ist die Stirn gerunzelt, der Kiefer angespannt, und die Gesäßmuskeln sind verkrampft. Das wiederum führt zu emotionaler Anspannung.

Entspannung ist die Auflösung von physischer und psychischer Anspannung. Die Muskelanspannung lässt nach, der Atem wird ruhig und gleichmäßig, die Pulsfrequenz sinkt, der Blutdruck verringert sich. Entspannung und Anspannung stehen in einem Wechselverhältnis zueinander und schließen sich gegenseitig aus. Grundfalsch wäre es also, Entspannung mit Anstrengung zu erarbeiten. Entspannung muss man zulassen, sie kann nicht geleistet werden. Besonders deutlich wird dieser Unterschied bei der progressiven Muskelentspannung. Einer willentlichen, starken Anspannung folgt eine tiefe Entspannung der Muskeln, die man einfach gewähren lässt. Die Entspannungssitzungen sollen dieser Einsicht entsprechend durch Abwesenheit jeglicher Pflichtanstrengungen und Stressfaktoren gekennzeichnet sein. Die Kinder werden durch die verschiedenen Übungen angeleitet, sich auf ihren Körper zu konzentrieren, sich auf ihre Gefühle, Ängste und Sehnsüchte zu besinnen und diese in Bilder und Geschichten einzubauen.

Regelmäßigkeit ist wichtig

Bei allen methodisch angewandten Entspannungstechniken ist es wichtig, dass sie über einen längeren Zeitraum immer wieder in gleicher Form durchgeführt werden. Dadurch treten Entspannungsreaktionen mit Hilfe eines selbst gegebenen Signals zuverlässig auf. Unterstützt wird dieser Effekt durch Entspannungsformeln, die es durch regelmäßiges Training ermöglichen, in den verschiedensten Alltagssituationen abzuschalten und eine Entspannungsreaktion auszulösen. Es ist von großer Bedeutung, dass Kinder in ihrem Alltag Ruhepunkte finden können und Hilfe erhalten, um immer wieder zur Ruhe zu kommen. Entspannungsverfahren haben positive Auswirkungen in körperlicher wie in psychischer Hinsicht. Das Kind atmet ruhiger, es empfin-

det ein wohliges Gefühl von Wärme und Schwere. Positive Gefühle werden durch diese körperliche Entspanntheit stimuliert. Ängstlichkeit rückt in den Hintergrund, Ärgerempfindungen verlieren an Gewicht, ein Gefühl des Ausgeglichenseins wird gefördert. Entspannung ist Erregungsabbau und damit auch Abbau von Hemmprozessen, die Lern- und Entwicklungsleistungen erschweren. Eine große Rolle in diesem Geschehen spielt die Wechselwirkung zwischen körperlicher und geistig-seelischer Entspannung.
Psychische Probleme, Aggressivität und Ängstlichkeit manifestieren sich physisch beispielsweise in einer Verspannung verschiedener Muskelpartien. So gilt es manchmal, einen Panzer verfestigter Schutzmechanismen zunächst mit Muskelentspannungsübungen zu lockern und so den Weg für tiefere Entspannung freizumachen.

Sich fallen lassen kann nur in vertrauter Umgebung geschehen, denn dann gibt man alle Schutzmechanismen auf und wird offen und verletzlich. Und oft erscheinen gerade dann die liebenswerten Seiten und die Fähigkeit, andere wahrzunehmen.

Tips zur Durchführung

Vertrauen ist notwendig

Wichtig ist das Vertrauensverhältnis zwischen den Kindern und der Übungsleiterin bzw. dem Übungsleiter. In der Kindergruppe und im Kindergarten sollten die Übungen daher von einer Person geleitet werden, die die Kinder schon eine Zeit lang kennen. Vor allem beim Visualisieren, bei dem Problembereiche bildlich umgesetzt werden und in vielen Fällen danach auch zur Sprache kommen, ist eine gewisse Vertrauensbasis zwischen ÜbungsleiterIn und Kindern, aber auch zwischen den Kindern untereinander unabdingbar. In dieser Hinsicht problemloser gestalten lassen sich die Entspannungsübungen, die Eltern mit ihren Kindern durchführen.
Die Phantasiereisen unternimmt jedes Kind für sich allein. Dabei malt es sich die Geschichten und verschiedenen Situationen aus und erlebt die Geschehnisse individuell gefärbt nach. In diesen Übungen wird daher der Vorname bei der Anrede angewandt, so dass sich jedes Kind einzeln angesprochen fühlt und der Bezug zu ihm als Einzelperson ganz klar wird. Motivation zur Entspannung mit Vorschulkindern ist vor allem im Bereich der sensorischen Entspannung die Kindergruppe. Lassen sich körperliche Übungen mit einzelnen Kindern nur schwer durchführen, so machen Bewegungsübungen den Kindern in der Gruppe viel Spaß. Gemeinsames Darstellen und Erleben sind hier wichtig, deshalb werden bei den Anleitungen zu diesen Übungen die Kinder als Gruppe angesprochen.

Der Entspannungsraum

Auch bei den Entspannungshaltungen gilt: »Wie fühle ich mich wohl?« und nicht: »Wie ist es richtig?«. Schließlich geht es immer darum, sich selbst ohne Zwang und Anforderungen zu erleben und sich nicht zu bewerten.

Bei der Entspannung kommt es u.a. darauf an, dass die Kinder sich auf sich selbst besinnen. Die Umgebung muss also relativ reizarm sein, so dass sie nicht abgelenkt werden. Am besten verdunkelt man den Raum, in dem die Übungen stattfinden sollen, ein wenig. Optimal wäre es, wenn ein eigener Stilleraum zur Verfügung steht. Es sollten möglichst wenig Lärm und Außengeräusche in diesen Ruheraum dringen. Der Raum sollte vor Übungsbeginn gut gelüftet, anschließend ausreichend erwärmt werden und über einen Teppichboden verfügen, auf dem die Kinder bequem liegen können, ohne aneinander zu stoßen. Legen Sie eventuell Matten oder Decken bereit, auf die sich die Kinder bei den entsprechenden Übungen und beim Zuhören der Phantasiegeschichten legen können.

Entspannungshaltungen

Die Kinder sollten bequem gekleidet sein. Nichts sollte kneifen oder einengen. Haben die Kinder nicht sowieso leichte Haus- oder Hüttenschuhe an, sollten sie die Schuhe ausziehen und eng sitzende Kleidungsstücke lockern. Auf alle Fälle sollte vor Übungsbeginn die Toilette aufgesucht werden – und wichtig, besonders bei erkälteten Kindern: Nase putzen!

- Haltung im Sitzen: Die Kinder sitzen mit dem ganzen Po auf der Stuhlfläche, beide Füße stehen nebeneinander auf dem Boden. Der Rücken ist angelehnt, die Kinder sollen nicht gezwungen aufrecht sitzen, wenn der Übungsablauf es nicht erfordert. Die Hände werden locker auf die Oberschenkel gelegt, die Schultern sind tief, und der Bauch ist weich. Der Kopf ist leicht geneigt, das Kinn fällt aber nicht auf die Brust. Die Zunge liegt locker im Mund, und die Stirn ist entrunzelt.
- Im Liegen: Auf dem Rücken auf einer Matte oder Decke. Die Beine sind ausgestreckt nebeneinander, die Arme liegen neben dem Körper, Handflächen nach unten, Ellenbogen nach außen, der Kopf liegt gerade und darf nicht eingeknickt sein. Wenn möglich, sollen die Kinder die Augen schließen. Wer Angst hat, kann sie offen lassen und schaut im Sitzen auf seine Knie, im Liegen auf die Nasenspitze.
- Innere Haltung: Damit sich eine entspannte Atmosphäre schnell einstellen kann, ist es hilfreich, wenn sich die Kinder beim Betreten des Stilleraums vom Alltag innerlich verabschieden. Sie sagen sich »Auf Wiedersehen, Hausaufgaben, Fußballspielen oder Lehrer und Eltern. Die nächste Stunde gehört mir allein.«

Der richtige Zeitpunkt

Entspannung funktioniert am besten, wenn die Kinder nicht aufgedreht sind. Lassen Sie sie zuvor also richtig austoben, oder machen Sie Bewegungsspiele mit ihnen, wie sie etwa im Abschnitt »Bewegungsspiele und Mitmachgeschichten« auf Seite 25 beschrieben sind. Auch Kinder mit einem vollen Magen oder müde Kinder sind gehandikapt. Sie sollen ja nicht einschlafen (Ausnahme ist hier selbstverständlich die Entspannung als Einschlafhilfe, wie auf Seite 109 beschrieben), sondern nach den Entspannungsübungen klarer und konzentrierter aktiv sein. Meist wird die Zeit um den fortgeschrittenen Vormittag und den früheren Nachmittag passend sein, um die Entspannungsübungen regelmäßig durchzuführen. Daneben gibt es aber immer wieder Situationen oder besondere Tage, die eine Ausnahme erfordern, etwa in Form einer zusätzlichen Entspannungsübung, weil die Kinder allzu aufgeregt sind oder sich etwas Unerhörtes ereignet hat. Sprechen Sie die Anleitungen mit ruhiger Stimme. Die Aufmerksamkeit der Kinder kann sich nun leichter auf sich selbst richten, sie können besser zuhören und leichter entspannen.

Nicht mit vollem Magen üben oder wenn die Kinder müde sind. Zum Teil muss flexibel je nach Situation entschieden werden. Wenn die Übungen schon sehr vertraut und bereits automatisiert sind, kann zu verschiedenen Tageszeiten und in allen Situationen geübt werden.

Tips bei Problemen

Bei der Entspannung mit Kindern, vor allem mit einer Kindergruppe, die die unterschiedlichsten Temperamente zusammenbringt, ist es selbstverständlich, dass das Entspannungstraining nicht von Anfang an perfekt klappt. Deshalb sind es ja Übungen, und üben heißt, an etwas arbeiten und es verbessern. Je regelmäßiger Sie die Übungen durchführen, desto größer wird der Erfolg sein. Verzichten Sie lieber einmal auf eine Entspannungssitzung mit den Kindern, wenn Sie selbst nicht entspannt und ruhig genug sind, die Übungen zu leiten. Ihre Vorbildfunktion ist groß, und wenn Sie Hektik und Stress statt Ruhe und sichere Gelassenheit ausstrahlen, dann wirkt bei den Kindern die beste Entspannungsübung nicht. Entspannen Sie sich selbst mit ein paar Atem- und Lockerungsübungen, und bereiten Sie so das Fundament zur Entspannung mit ihrer Kindergruppe. Ruhig und gelassen sollten Sie auch auf Störungen reagieren. Selbst wenn Sie mit den Kindern Bewegungsspiele gemacht haben, mag manches Kind noch nicht ohne weiteres zur Entspannung finden. Wenn sich die Störungen durch anfängliches Ignorieren oder kleine, in normalem Ton ausgesprochene Ermahnungen nicht beseitigen lassen, nehmen Sie den kleinen Zappelphilipp in Ihre Nähe; demonstrieren Sie mit ihm die Lockerungsübungen, oder legen Sie ihm beim Geschichtenerzählen die Hand auf den Arm.

Die verschiedenen Entspannungstechniken

Die verschiedenen Techniken verteilen sich auf drei Wirkungsbereiche, die auf verschiedenen Ebenen Zugang zum Kind finden.

- Sensorische Entspannung
Die sensorische Entspannung beinhaltet körperbezogene Verfahren, progressive Muskelentspannung, Atementspannung und bewegungsorientierte Verfahren.
- Imaginative Entspannung
Die imaginative Entspannung arbeitet mit bildtragenden Verfahren, Phantasie- und Entspannungsgeschichten und Visualisieren.
- Kognitive Entspannung
Bei der kognitiven Entspannung kommen Meditation, Yoga und autogenes Training zur Anwendung.

Bei der progressiven Muskelentspannung des englischen Arztes Edmund Jacobson werden nacheinander einzelne Muskelpartien – vom Kopf beginnend über Nacken, Rumpf, Arme und Beine – eine Zeit lang fest angespannt und wieder entspannt.

Methodische Ansätze zur Entspannung

Im kindlichen Alltag scheint die Unruhe vorzuherrschen, viele Kinder sind überaus aktiv, ja aufgedreht und finden viel zu selten zu Ruhe und Besinnung. So ergibt sich für Eltern und Erzieherinnen die Notwendigkeit, mit den Kindern im normalen Tagesablauf Ruhe- und Entspannungsrituale einzuüben. Dadurch können motorische Unruhe, Anspannung und übermäßige Erregung, Impulsivität und Konzentrationsschwierigkeiten abgebaut werden. Dazu sind Entspannungsübungen notwendig, die regelmäßig durchgeführt werden. Diese Übungen sollten einen festen, ritualhaften Charakter im Tagesablauf haben und sich an der geistigen Entwicklung der Kinder orientieren.

Autosuggestion ist auch bei Vorschulkindern möglich

Für Kinder im Vorschulalter waren bislang in erster Linie der sensorische und der imaginative Ansatz von Bedeutung. Der geistige Entwicklungsstand von Vorschulkindern, so wurde lange Zeit argumentiert, lässt die Anwendung einer autosuggestiven Methode wie das autogene Training nicht zu.
Die Durchführung dieser Selbstbeeinflussungstechnik schien mit Kindern unter acht bis zehn Jahren also nicht so einfach möglich zu sein. In letzter Zeit hat man aber erkannt, dass kognitive Entspannungstechniken sehr wohl für Vorschulkinder geeignet sind. Die Kinder haben mit dieser Methode keine

Schwierigkeiten, wenn die Anweisungen zu Ruhe, Schwere und Wärme, also die Grundübungen des autogenen Trainings, in Geschichten und Bilder »verpackt« sind. Inhalt der Geschichten oder Bilder und Entspannungsinstruktionen sind dabei so miteinander verwoben, dass sich die Kinder ohne anstrengende autosuggestive Konzentrationsleistung entspannen können. Beim Yoga sind die Übungen in kindgerechte Bilder und Haltungen verpackt, so dass es allen Spaß machen wird, die verschiedenen Tiere und Pflanzen nachzuahmen.

Imaginationsübungen fallen Kindern leicht, weil die Kraft ihrer Phantasie noch ungebrochen ist und sie noch nicht wie die Erwachsenen zielstrebig, leistungsorientiert und realistisch denken müssen. Diese Fähigkeit gilt es zu pflegen und unter Umständen schon bei Kindern wieder zu erwecken.

Kombination der Methoden

In diesem Buch kommen vorzugsweise Entspannungstechniken zur Anwendung, die fremdinstruktiv sind, d.h., die Kinder führen die Übungen unter Anleitung durch. In geringem Umfang können dabei auch selbstinstruktive Merkformeln mit eingebracht werden, z.B. Sätze wie »Ich habe Mut und fühl mich gut«, die viele Kinder dann nach und nach automatisch in Situationen anwenden, in denen sie sich unter Stress fühlen und sich an die angenehme Entspannungsatmosphäre erinnern.
Sehr gute Entspannungsresultate zeigen sich bei einer Mischung der verschiedenen Methoden. So sind beispielsweise Geschichten, die vorgelesen werden und die Kinder zum Mitmachen animieren, wobei sie spielerisch die Übun-

Beim richtigen Atmen wird der ganze Brust- und Bauchraum erfüllt. Das kann man spüren.

gen der sensorischen, der imaginativen und der kognitiven Entspannungsansätze absolvieren, eine sehr gute Kombination. Sie finden in diesem Buch Übungen zu den einzelnen Bereichen und Übungen, die mehrere Ansätze verbinden. Durch freie Kombination der verschiedenen Übungen können Sie selbst immer wieder neue Abläufe kreieren, so dass bei aller notwendiger Ritualisierung die Sitzungen nie eintönig werden.

Je nachdem sind alle Übungen beliebig miteinander kombinierbar. Eine Atemübung ist eine gute Vorbereitung für die Yogastellung, und Methoden zur Muskelentspannung ergänzen die Musikspiele. Wenn die Übung nicht zum Einschlafen führen soll, an das Ende ein lebhaftes Spiel setzen.

Die Atmung fühlen und beobachten

Atementspannung

Das Atmen geschieht unwillkürlich und gehört somit zur vegetativen Seite des Körpersteuerungssystems. Andererseits kann bewusst Einfluss auf die Atmung genommen werden, was Auswirkungen auf die Gesamtbefindlichkeit hat. Schnelles Atmen regt zur Aktivität an, ist aber auch Zeichen von Stress. Kinder wie Erwachsene atmen oft zu flach und zu schnell. Zum Stress- und Ärgerabbau hilft die bewusste Atemverlangsamung, die Konzentration auf das Atmen senkt das Aktivitätsniveau, es entspannt und beruhigt. Für die Atementspannung gilt dasselbe wie für die anderen Entspannungsübungen.

Hier ist Vorsicht geboten

Bei bestimmten körperlichen Erkrankungen sollten ohne Rücksprache mit dem Arzt keine Entspannungsverfahren angewendet werden:

- Bei Kindern, die unter Small-Airway-Asthma leiden. Bei dieser speziellen Form von Asthma kann durch Entspannungsübungen ein Asthmaanfall provoziert werden.
- Mit Kindern, die unter akuten Magen-Darm-Erkrankungen leiden, dürfen keine Entspannungsübungen durchgeführt werden, da sich dadurch die Symptome der Erkrankung verschlimmern könnten.
- Bei Kindern mit Herz-Kreislauf-Erkrankungen, besonders bei einem angeborenen Herzfehler, sollten manche Entspannungstechniken nicht zur Anwendung kommen.
- Kinder, die unter Anfallserkrankungen leiden, z. B. unter Epilepsie, könnten durch Entspannungsübungen einen Anfall erleiden.

Am besten finden sie zu einer festgelegten Zeit in einer reizarmen Umgebung statt, vorzugsweise im Liegen oder auf einem Stuhl sitzend. Die beste Art zu atmen ist das Einatmen durch die Nase und das Ausatmen durch die Nase oder den leicht geöffneten Mund. Der Atem soll tief einströmen und im Bauchraum zu spüren sein. Das Ausatmen sollte deutlich länger sein als das Einatmen, maximal etwa doppelt so lang. Berücksichtigen Sie bei den Anleitungen den angestrebten Atemrhythmus, und atmen Sie deutlich mit, das hilft den Kindern, in den richtigen Takt zu kommen.

Eine tiefe Atmung ist nur möglich, wenn die Atemmuskeln, Gelenke, Sehnen und Bänder im Körper entspannt sind und sich weich ausdehnen lassen. Dies kann andererseits durch sanftes und bewusstes Atmen auch herbeigeführt werden.

Einfaches Atmen

Zuerst lenken Sie die Aufmerksamkeit der Kinder auf den Atem. Es wird ruhig und gleichmäßig bei geschlossenem Mund durch die Nase geatmet, und die Kinder konzentrieren sich darauf, wie die Luft durch die Nase ein- und wieder ausströmt. Die Augen sind dabei geschlossen.

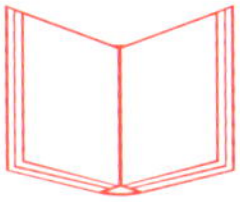

Vorlesetext

▶ Ihr atmet durch die Nase, ruhig und langsam. Der Atem strömt ein … und wieder aus … ein … und wieder aus, ganz gleichmäßig. Ihr achtet einfach auf euren Atem, ohne ihn zu verändern. Beobachtet, wie die Luft durch die Nase einströmt und wieder ausströmt. Ihr seid ganz konzentriert und achtet nur auf den Atem. ◀

Schon diese einfache Atembeobachtung wirkt meist sehr beruhigend. Wenn man in Stress zu geraten droht, heißt es ja, dass man erst einmal »die Luft anhalten«, sich also nicht so stark aufregen soll. Das ist gar nicht falsch, aber noch besser ist es, ruhig zu atmen und sich eine Zeit lang auf sich selbst rückzubesinnen. Sagen Sie den Kindern also, dass sie, wenn sie sich ärgern oder wenn ihnen zum Losschreien zumute ist, zuerst ruhig atmen und den Atem beobachten sollen.

Tiefe Atembeobachtung

Die nächste Stufe der Atementspannung ist eine tiefere Atembeobachtung. Diese Übung wird auf dem Rücken liegend durchgeführt. Zuerst konzentrieren sich die Kinder wieder auf das Ein- und Ausströmen des Atems durch die Nase. Dann soll eine Hand, am besten die linke, locker auf den Bauch knapp unterhalb des Brustkorbs gelegt werden. Nun verfolgen die Kinder den Weg des Atems bis tief in den Bauch und wieder zurück. Dabei sollen sie ganz normal weiteratmen und nicht den Atem beschleunigen. Will die Übung am Anfang nicht gelingen, ist es manchmal hilfreich, wenn das Kind sich einen Teddy oder das Lieblingskuscheltier auf den Bauch legt und beobachtet.

Atemübungen

Die große Welle

Das tiefe Atmen lässt sich optimal mit einem Bild verbinden: mit dem Brausen großer Meereswogen. Dabei sollten die Augen geschlossen sein; so können sich die Kinder auf das innere Bild konzentrieren.

Vorlesetext

▶ Ihr liegt locker und entspannt und atmet ruhig durch die Nase. Der Atem kommt von allein, und er geht von allein. Ihr atmet ein … und wieder aus, ein … und wieder aus und immer so weiter. Der Atem geht tief in den Bauch, und er kommt von ganz unten zurück. Ihr atmet tief ein … und wieder aus. Tief ein … und wieder aus.

Stellt euch einen Strand am Meer vor. Eine große Welle kommt an und rauscht auf den Strand. Beim Ausatmen hört ihr das Rauschen der mächtigen Welle, beim Einatmen ist alles still, und das Meer zieht sich zurück. Euer Atem hat die Kraft des Meeres. Die Welle braust heran, und still atmet ihr wieder ein. Das Meer sammelt wieder Kraft, bevor es eine neue, mächtige Welle schickt. Das Ausatmen ist die große Welle, das Einatmen die Stille zwischen den Wellen. Ihr sammelt Kraft beim Einatmen und schickt eine Welle beim Ausatmen, ihr atmet ein … und wieder aus. ◀

Wer Angst hat, hält die Luft an. Dieses Atemmuster kommt aus einer Zeit, in der der Mensch alle Muskeln sofort mit Sauerstoff versorgen musste, um sich aus einer bedrohlichen Lage in der Natur zu retten.

Ballast abwerfen

Mit dem Einatmen nehmen wir Sauerstoff auf, mit dem Ausatmen geben wir verbrauchte Luft ab. Mit dem Einatmen kommen Energie, Ruhe, Ausgeglichenheit, mit dem Ausatmen wird Ballast abgeworfen: Stress, Ärger, Angst, Wut. Variieren Sie die Übung, sagen Sie den Kindern, jedes solle seinen eigenen Ballast abwerfen – beim einen Wut, beim anderen vielleicht Ärger oder Angst.

Vorlesetext

▶ Ihr liegt ruhig und entspannt auf dem Boden. Nichts lenkt euch ab, und ihr achtet nur auf euren Atem, ihr atmet durch die Nase ein … und wieder aus. Die Luft strömt durch die Nase ein … und strömt langsam wieder aus euch heraus. Stellt euch vor, ihr atmet weiße Luft ein … und graue Luft wieder aus. Schöne weiße Luft strömt in euch hinein … und verbrauchte Luft aus euch heraus. Die weiße Luft bringt euch Energie … und die graue nimmt alles Überflüssige wieder mit. Gute Ideen kommen mit der weißen Luft … und Schlechtes geht mit der grauen Luft aus euch heraus. Ihr atmet ein … und der Ärger fließt beim Ausatmen aus euch heraus. Noch einmal atmet ihr ein … und den Ärger atmet ihr weg. Jetzt kommt wieder frische Luft … und allen restlichen Ärger blast ihr weg. ◀

Wer ständig forciert aus- und einatmet, befindet sich in einer Art Dauerstress.

Eine Feder fliegen lassen

Mit dieser Übung können Sie die Kinder anleiten, das Atmen gezielt zu verändern.

Vorlesetext

▶ Ihr liegt bequem und locker auf dem Boden und seid ganz entspannt. Euer Atem geht ganz ruhig und gleichmäßig. Ihr atmet ein … und wieder aus. Ganz ruhig ein … und wieder aus. Stellt euch jetzt eine Feder vor, die über eurem Kopf in der Luft schwebt. Beim Ausatmen wird sie sanft nach oben getrieben, beim Einatmen sinkt sie leicht herunter. Ihr atmet ein … und die Luft kommt wieder aus euch heraus. Ihr atmet ruhig und gleichmäßig, die Feder sinkt beim Einatmen ab … beim Ausatmen steigt sie langsam hoch. Jetzt atmet ihr etwas kräftiger. Stellt euch vor, dass die Feder mit dem Ausatmen höher steigt. Ihr atmet ein … und wieder aus, und dabei steigt die Feder wieder ein gutes Stück in die Höhe. Noch einmal tief ein, die Feder sinkt … und kräftig wieder aus, dass sie wieder hoch steigt. Langsam atmet ihr wieder weniger kräftig. Die Luft strömt in euch hinein … und wieder langsam aus euch heraus. Die Feder sinkt langsam immer weiter. Ihr atmet ein … und wieder aus. Die Feder ist tief genug, dass sie von eurem Atem wieder ein bisschen höher getrieben wird. Ruhig atmet ihr ein … und ganz ruhig verlässt euch der Atem wieder. Die Feder schwebt sanft über euch. ◀

Beim Atmen gilt: Je weniger Anstrengung, desto besser. Wehe dem, der atmen »will«.

Atempumpe

Auch diese Übung lässt die Kinder nach und nach zur Ruhe kommen und hilft ihnen, sich zu entspannen.

Vorlesetext

▶ Stellt euch vor, dass ihr mit eurem Atem einen großen Luftballon aufblast. Die Luft strömt in euch hinein … und alle Luft, die ihr ausatmet, fließt in diesen Ballon. Der Ballon wird bei jedem Atemzug immer ein bisschen größer. Man sieht es kaum, aber ihr wisst es. Der Atem kommt tief in euch hinein … und ihr atmet alle Luft in den großen Ballon. Langsam füllt er sich mit Luft. Stellt euch den Ballon in eurer Lieblingsfarbe vor. Langsam, aber stetig wird er immer mehr aufgeblasen. Ihr braucht euch gar nicht anzustrengen. Ihr atmet einfach ganz normal ein … und die Luft, die euch verlässt, kommt in den großen Ballon. Schon wird er immer größer und runder.
Ruhig atmet ihr ein … und wieder aus. Langsam wird der Ballon voll, und wenn er ganz voll ist, dann knotet ihr ihn zu und lasst ihn fliegen. Atmet ruhig und langsam und schaut dem Ballon nach, bis er nur noch ein kleiner Punkt am Himmel ist. ◀

Um den Körper vor Überforderungen zu schützen, sollten alle Bewegungen durch die Atmung gesteuert werden und nicht umgekehrt. Mit diesen Übungen wird genau das erreicht.

Obstpflücken

Alle Kinder stehen im Raum verteilt. Der Boden ist gut unter den Füßen zu spüren. Anfangs machen sie die Übung im eigenen Rhythmus. Mit der Zeit werden sich die Bewegungen angleichen, und ohne zu forcieren, strecken und beugen sich alle Kinder gleichzeitig.

Vorlesetext

▶ Ihr seid in einem großen Garten mit lauter Apfelbäumen. Die Äpfel sind alle reif, und ihr wollt sie von den untersten Ästen pflücken. Ihr streckt beide Hände nach oben und streckt euch so hoch es geht. Dabei ist der ganze Körper beteiligt. Natürlich schaut ihr nach oben, ob ihr mit den Händen einen Apfel erwischt. Atmet dabei durch den Mund tief aus und ein.
Wenn ihr mit beiden Händen einen Apfel abgepflückt habt, legt ihr ihn vor euch auf den Boden. Dafür beugt ihr euch mit gestreckten Beinen langsam vornüber, bis ihr den Boden berührt. Ihr legt den Apfel ab, atmet wieder tief durch und schüttelt den Kopf aus, um den Nacken zu lockern. ◀

Holzhacken

Die Kinder stehen bei dieser Übung im Kreis. Die Füße sind etwa hüftbreit auseinander. Zuerst machen die Kinder die Übung unabhängig voneinander. Nachdem jedes Kind diese Übung für sich gemacht hat, wird das Holzhacken aufeinander abgestimmt. Immer ein Kind nach dem anderen lässt die Axt mit einem deutlichen »Ha« fallen und hebt dann die Arme wieder hoch, bis es erneut an der Reihe ist. Beobachten Sie, ob sich das Tempo des Holzhackens in der Runde beschleunigt, und steuern Sie es gegebenenfalls.

Vorlesetext

▶ Stellt euch vor, dass ihr alle Holzhacker seid. Holzhacken ist eine schwere Arbeit, und man muss konzentriert bei der Sache sein. Ihr hebt beide Arme, und mit einem deutlichen, aber nicht lauten »Ha« lasst ihr sie wie ein Beil niedersausen auf ein Holzscheit.
Während die Arme herunterfallen, atmet ihr aus. Hebt die Arme so hoch wie möglich über den Kopf, während ihr einatmet, und lasst sie mit einem »Ha« hinuntersausen.
Jetzt seid ihr alle nacheinander dran. Sobald das Kind neben euch die Arme fallen gelassen hat, dürft ihr euren Holzscheit mit einem »Ha« zerschlagen. Die Arbeit geht am Anfang leicht von der Hand, und so schlagt ihr ziemlich schnell das Holz klein. Mit der Zeit wird es immer anstrengender, und ihr werdet immer langsamer. Beeilt euch nicht, das Beil zu heben, und lasst es auch nicht mehr so schnell fallen. ◀

Wer nach der Übung »Atemschritte« versucht, völlig unbeweglich stehen zu bleiben, wird keinen Erfolg haben. Durch die Bewegung des Atems gerät der Körper unwillkürlich ins Schwanken.

Atemschritte

Die Kinder bewegen sich frei im Raum. Bei jedem Schritt sollen sie ein- oder ausatmen. Nach einer Weile sollen die Kinder die Schritte und damit das Ein- und Ausatmen bewusst verändern. Geben Sie mit Klatschen oder mit einem Tamburin den Takt an.

Vorlesetext

▶ Ihr geht jetzt durch den Raum. Bei einem Schritt atmet ihr ein, beim nächsten aus. Lasst euch Zeit, macht eure Schritte so, wie ihr wollt, aber nicht zu schnell. Stellt euch vor, dass ihr etwas vergessen habt. Euch fällt plötzlich ein, dass ihr nach Hause zurück und euer Schmusetier holen müsst. Ihr geht mit kleinen, schnellen Schritten.
Denkt daran: Einen Schritt lang atmet ihr ein, einen Schritt atmet ihr aus. Ihr habt es eilig, aber ihr lauft nicht, sondern geht nur schnell. Zu Hause angekommen, verlangsamt sich euer Schritt wieder. Ihr habt euer Schmusetier gefunden und geht wieder los. Nun seid ihr beruhigt, und ihr geht in großen, langsamen Schritten. Bei jedem Schritt atmet ihr tief ein und beim nächsten wieder gründlich aus. Eure Schritte werden immer langsamer und immer kleiner. Ihr seid jetzt bald angekommen. Ihr atmet ruhig und gleichmäßig, und ihr habt nur noch wenige Schritte zu gehen.
Jetzt geht jeder zu seiner Matte, legt sich auf den Rücken und atmet tief und ruhig durch. ◀

Den Atemrhythmus hören

Alle Kinder liegen auf ihren Matten. Lassen Sie die Kinder bei dieser Übung eine Zeit lang einen Ton erzeugen, und beobachten Sie, ob sich der Atemrhythmus mit der Zeit angleicht. Achten Sie darauf, dass die Kinder nicht zu laut werden.

Vorlesetext

▶ Ihr seid ruhig und entspannt, liegt bequem und seid ganz locker. Atmet tief durch die Nase ein … und lasst den Atem langsam wieder heraus. Tief atmet ihr ein … und lasst den Atem wieder heraus. Konzentriert euch auf den Atem, atmet ganz normal, schön tief in den Bauch ein … und wieder langsam die verbrauchte Luft aus. Beim Ausatmen sagt ihr leise vor euch hin »Hummmm«, beim Einatmen seid ihr ganz still. Während ihr ausatmet, kommt ein leises »Hummmm«; wenn die Luft draußen ist, hört der Ton wieder auf. ◀

Gähnen

Gähnen bewirkt einen natürlichen Spannungsausgleich und führt dem Blut Sauerstoff zu.

Vorlesetext

▶ Ihr erwacht morgens in eurem Bett. Langsam öffnet ihr die Augen und nehmt das Zimmer wahr. Dann gähnt ihr laut und mit weit offenem Mund und streckt euch so lang aus, wie es geht, von den Zehen bis zu den Fingerspitzen. ◀

Hechelatem

Tiefes, gleichmäßiges Atmen hilft, durch seine Auswirkungen auf das vegetative Nervensystem zu entspannen. Schnelles, hechelndes Atmen dagegen stimuliert und setzt Energie frei. Um die Kinder am Ende einer Entspannungssitzung wieder zu aktivieren, können Sie mit ihnen zwei bis drei Minuten lang den Hechelatem üben. Dadurch wird der Stoffwechsel angeregt und das Energieniveau gesteigert.

Vorlesetext

▶ Ihr liegt ruhig und entspannt, nichts stört euch. Ihr spürt, wie die Luft in euch hinein- und wieder aus euch herausströmt. Atmet jetzt ein bisschen schneller und nicht mehr so tief. Wisst ihr, wie Hunde atmen, wenn ihnen heiß ist? Sie hecheln. Hechelt nun wie die Hunde, macht den Mund ein wenig auf und atmet durch den Mund schnell hechelnd ein und aus.
Lasst den Atem nicht mehr so tief in den Bauch gehen, sondern blast ihn aus der Brust wieder weg. Und zum Schluss dieser Übung haltet ihr die Luft an und versucht sie, in euch zusammenzudrücken. Presst sie fest zusammen … und atmet tief aus. ◀

Wenn der Körper loslässt

Muskelentspannung

Übungen zur Muskelentspannung sind die klassische Form der Entspannung, die auch mit Vorschulkindern mit Erfolg durchgeführt werden. Diese Methode ist ganz einfach zu erlernen, der Erfolg stellt sich sofort ein und ist unmittelbar zu spüren. Kindern wird mit Muskelanspannung mehr Körpergefühl vermittelt, sie erhöht die Wahrnehmungsfähigkeit und die Akzeptanz dem eigenen Körper gegenüber.

Eine verspannte Muskulatur wirkt sich immer negativ auf das Wohlbefinden aus. Es kann zu Magenschmerzen oder Verdauungsbeschwerden kommen, zu schlechter Laune, Erschöpfung und Unkonzentriertheit. Entspannung dagegen aktiviert die Selbstheilungskräfte des Organismus.

Im Wechsel von Spannung und Entspannung liegt das Geheimnis

Durch die bewusste Anspannung verschiedener Muskelgruppen und die darauf folgende Entspannung, die sogenannte Tiefenmuskelentspannung oder progressive Muskelentspannung, die Sie hier ab Seite 88 finden, erfahren die Kinder noch deutlicher den Unterschied zwischen entspannten und angespannten bzw. verspannten Muskeln.

Zum einen löst dieses »Kontrastprogramm« ein wohliges Gefühl von Wärme und Gelöstheit aus, zum anderen erkennen die Kinder mit der Zeit auch ohne Anspannungsphase, welche Muskeln bei ihnen angespannt oder gar verhärtet sind, und können sie bei Bedarf gezielt entspannen.

Stress und körperliche Verspannung stehen in enger Beziehung zueinander. Bei Überforderung neigen wir dazu zu »verkrampfen«, und das ist oft auch schon bei Kindern der Fall. Eine gezielte Entspannung der verhärteten Muskelgruppen kann umgekehrt mit dazu beitragen, ein Problem entkrampfter anzugehen.

Muskelentspannung für Kinder

Grundsätzliches Ziel der Muskelentspannung ist die selbst gesteuerte, individuelle Entspannung vor, in oder nach einer Belastungssituation. Für Vorschulkinder sieht die Anwendung zunächst anders aus. Meist finden die Kinder einzeln nicht so leicht Zugang zu körperlichen Entspannungsübungen, aber gemeinsame Übungen in der Gruppe machen Spaß und lösen Verkrampfungen körperlicher und seelischer Art.

Tips zur Durchführung

Eine lustige Lockerungsübung für das Gesicht ist das Grimassenschneiden mit Partner. Ein Kind macht Grimassen, indem es Mund, Nase, Augen, Lippen etc. bewegt, und das Kind gegenüber ahmt alles nach. Danach das Gesicht mit lockeren Wangen kräftig schütteln.

- Am Anfang stehen einfache Lockerungsübungen, die das Augenmerk der Kinder auf verschiedene Körperteile lenken und ihnen die Bewegungsabläufe und Haltungsmodalitäten bewusster machen.
- Wie bei allen Übungen zur Entspannung ist es auch hier wichtig, die Übungen regelmäßig zu wiederholen.
- Die Übungen werden am besten in reizarmer Umgebung absolviert.
- Die Kinder liegen dabei auf dem Rücken, die Arme nicht zu eng am Körper, die Beine ausgestreckt und etwa hüftbreit auseinander. Später können die Muskelentspannungsübungen auch im Sitzen durchgeführt werden.
- Um die Kinder besser beobachten zu können, sitzen Sie auf einem Stuhl oder stehen, während Sie die Übungsanleitungen geben.
- Am Schluss jeder Übung steht eine kurze Aktivierungsphase, die das Energieniveau der Kinder wieder erhöht. Wenn weitere Entspannungsübungen folgen oder eine Entspannungsgeschichte erzählt wird, kann diese Aktivierungsphase entfallen bzw. sollte ans Ende der Entspannungssitzung verschoben werden.

Bewegungen sind nicht ausschließlich funktionell zu sehen. Wer sich so nach oben ausstreckt, bekommt auch das Gefühl, groß und wichtig zu sein.

Einfache Übungsformen

Wirbelsäulenentspannung

Die Kinder stehen fest, die Füße sind etwa hüftbreit auseinander. Dann strecken sie die Hände so weit wie möglich in die Höhe und recken sich hoch. Die Füße bleiben auf dem Boden, die Kinder stehen nicht auf den Zehenspitzen. Sie sollen versuchen, sich so lang wie möglich zu machen.

Zungenentspannung: Mit der Zunge schnalzen und im Mund kreisen, ein R rollen, die Zunge weit herausstrecken bis zum Kinn und bis zu den Ohren oder sie wie ein Chamäleon, das eine Fliege fangen will, herausschnellen lassen.

Schulterentspannung

Die Kinder stehen fest, die Füße etwa hüftbreit auseinander. Die Arme hängen locker herunter, während sie die Schultern ganz langsam nach oben schieben. Sind die Schultern am höchsten Punkt angelangt, werden sie ein paar Atemzüge lang dort gehalten. Dann sinken sie ganz langsam wieder.
Danach schieben die Kinder ihre Schultern ganz langsam nach hinten, Stückchen für Stückchen. An der hintersten Position werden die Schultern ein paar Atemzüge lang gehalten, dann wandern sie wieder in Normalstellung. Anschließend schieben die Kinder die Schultern nach vorn und halten sie in der vordersten Stellung ein paar Atemzüge lang. Schließlich wandern die Schultern wieder zurück in Normalstellung.

Gesichtsentspannung

Die Kinder fassen sich mit Daumen und Fingerspitzen an den Ohren und massieren den Rand ihrer Ohren langsam und vorsichtig in kleinen, kreisenden Bewegungen von oben nach unten.
Dann legen sie die Fingerkuppen an den Haaransatz und massieren langsam in kleinen, kreisenden Bewegungen die Stirn und schließlich das ganze Gesicht. Bei dieser Massage sollten die Kinder die Augen geschlossen halten.

Augenentspannung

Die Kinder haben die Augen geöffnet und schauen geradeaus. Während der ganzen Übung bleibt der Kopf gerade.
Langsam lassen die Kinder ihre Augäpfel ganz nach rechts wandern und wieder zurück zur Mitte. Dann schauen sie langsam nach links, so weit wie möglich, und lassen die Augäpfel wieder in die Mitte wandern.
Danach schauen sie langsam so weit wie möglich nach oben und dann nach unten, ohne den Kopf zu bewegen, bevor die Augäpfel wieder in Mittelstellung zurückkehren.

Zum Schluss schließen die Kinder die Augen und reiben die Handflächen schnell aneinander, bis sie warm sind. Dann legen sie die Finger vorsichtig auf die geschlossenen Augen und spüren die Wärme.

Entspannung der Beine

Eine Massage bezieht Körper, Geist und Gefühle auf sehr subtile Weise ein. Sie stellt sich der Spannung nicht unmittelbar entgegen, aber sie verführt Muskeln und Gewebe zu tiefer Entspannung und setzt einen Prozess innerer Harmonie in Gang.

Die Kinder stehen fest, die Füße sind etwa hüftbreit auseinander.
Die Hände sind in die Hüften gestützt, während die Kinder mit geradem, leicht nach vorn geneigtem Rücken in die Hocke gehen und sich langsam wieder aufrichten.
Nach ein paar Wiederholungen wird zuerst das linke Bein, danach das rechte Bein angehoben und ausgiebig ausgeschüttelt.

Sanfte Massage mit dem Igelball

Mit Berührung, Körperkontakt und Massage können Sie Ihrem Kind Geborgenheit, Wohlbefinden und Entspannung vermitteln. Eine interessante Variante ist dabei die Massage mit dem sogenannten Igelball, einem im Durchmesser etwa acht bis zehn Zentimeter großen Kunststoffball mit Igelnoppen, mit dem man den Rücken, die Beine und Arme und den Bauch behandeln kann.

Nach einer sanften Massage mit dem Igelball fühlt sich Ihr Kind so richtig wohl und zufrieden.

Igelbälle gibt es in härteren und weicheren Ausführungen. Benutzen Sie bei Vorschulkindern bitte immer einen weichen Ball.
Rollen Sie damit über die Arm-, Bein- und Rückenmuskulatur des Kindes, nicht jedoch über die Knochen, etwa am Ellbogen und den Knien.
Diese sanfte Igelballmassage, die nur wenige Minuten dauert, regt die Durchblutung der Haut und der darunter liegenden Muskelschichten an. Dadurch entsteht ein Wärmeeffekt, der die Muskeln entspannen lässt.
Verspannungen im Schulter- und Nackenbereich, die leider auch schon bei Kindern häufig vorkommen, lassen sich mit dem Igelball schnell lösen. Beginnen Sie mit ganz wenig Druck, lassen Sie den Igelball am Anfang nur mit seinem Eigengewicht über die entsprechenden Stellen rollen. Nach und nach verstärken Sie den Druck ein wenig und beschleunigen so den Entspannungsprozess.
Selbst am Bauch ist eine Igelballmassage möglich. Rollen Sie dabei den Igelball äußerst vorsichtig im Uhrzeigersinn etwa zehnmal über den Bauch. Stimmen Sie dabei den Atemrhythmus des Kindes und die Rollgeschwindigkeit des Balls aufeinander ab. Im Anschluss an die Igelballmassage gelingen die Übungen der Tiefenmuskelentspannung (siehe Seite 88ff.) meist noch besser, weil die Muskulatur schon vorgewärmt ist. Auch die Geschichten des autogenen Trainings lassen sich mit entspannter Muskulatur und wohligem Wärmegefühl konzentrierter verfolgen.

Wenn Sie mit dem Igelball arbeiten, sollten Sie Ihre Arme zuvor ausschütteln, die Schultern beim Massieren locker lassen und die Hände ganz weich machen. Halten Sie selbst nicht die Luft an, wenn Sie sich konzentrieren. Dehnen Sie die Behandlung nicht zu lange aus.

Bewegungsspiele und Mitmachgeschichten

Als Ergänzung oder Alternative zu den Lockerungsübungen können Sie mit den Kindern auch ein Bewegungsspiel machen oder Ihnen eine Mitmachgeschichte erzählen, die sie nachspielen. Bei diesem bewegungsorientierten Entspannungsverfahren sind in den Verlauf der Geschichten verschiedene Entspannungsübungen eingebettet. Gerade in der Gruppe sind die Kinder mit Feuereifer dabei, wenn es darum geht, laut und schwer wie ein Elefant zu trampeln oder vorsichtig wie eine Katze zu schleichen. Machen Sie mit den Kindern mit, und demonstrieren Sie ihnen die Bewegungen.

Kleine Elefanten

Alle Kinder gehen in einem großen Kreis um die Erzieherin. Sie gehen breitbeinig und behäbig und schlenkern mit den Armen. Gemäß den Anleitungen wechseln sie nach ein paar Runden die Laufrichtung. Beim anschließenden Strecken und In-die-Hocke-Gehen versuchen die Kinder, so hoch wie möglich zu greifen, bevor sie langsam mit ausgestreckten Armen in die Hocke gehen. Lassen Sie die Kinder die Streck- und Beugeübung einige Male wiederholen, bevor sie wieder im Kreis gehen und schließlich zu ihren Matten zurückkehren. Wenn sie auf ihren Matten oder Decken liegen, geben Sie den Kindern ein wenig Zeit, um ihre Phantasie schweifen zu lassen. Wenn Sie merken, dass die Kinder einzuschlafen drohen oder unruhig werden, beenden Sie die Übung oder schließen eine weitere an.

Vorlesetext

▶ Ihr wisst doch bestimmt, wie sich kleine Elefanten bewegen. Ja genau, richtig schwer und langsam. Vorsichtig stampfen die Elefanten durch den Busch. Seid vorsichtig, dass ihr nicht aneinander stoßt, Elefanten gehen gemütlich und langsam, und jeder braucht genug Platz für sich.

So, jetzt sind die Elefanten weit in eine Richtung gegangen. Jetzt drehen alle um und gehen in die andere Richtung … Nach dieser langen Wanderung haben die kleinen Elefanten Hunger. Zuerst recken sie sich richtig hoch, um die Äste zu erreichen, an denen die besten Blätter wachsen. Dann beugen sie sich tief hinunter und rupfen ein bisschen Gras aus … Noch einmal recken sich die kleinen Elefanten schön hoch, um an die saftigsten Blätter zu kommen. Danach beugen sie sich wieder tief hinunter zu den frischen Grasbüscheln … Jetzt sind die kleinen Elefanten satt und gehen wieder nach Hause. Langsam und schwer stampfen sie mit vollem Bauch heim. Zu Hause angekommen, legen sich die kleinen Elefanten hin. Sie sind müde geworden von den Anstrengungen des Tages. Sie schließen die Augen, atmen ruhig und gleichmäßig und träumen davon, was sie den Tag über erlebt haben … Jetzt haben sich die kleinen Elefanten genug ausgeruht. Sie öffnen die Augen, recken und strecken sich. ◀

Auch wenn Elefanten riesige Tiere sind, haben sie ganz zarte und weiche Füße. Sie wiegen bis zu sechs Tonnen, und obwohl ihre Haut zwei bis vier Zentimeter dick ist, spüren sie jeden Druck. Es gibt den Afrikanischen Elefanten mit großen Ohren und den Indischen Elefanten mit deutlich kleineren Ohren. Außerdem sagt man ihnen ein ausgezeichnetes Gedächtnis nach.

Waschtag im Zoo

Die Kinder gruppieren sich paarweise: Jeweils ein Kind ist der Wärter, das andere das Flusspferd. Das Flusspferd legt sich bäuchlings auf den Boden bzw. auf die Matte, der Wärter kniet daneben. Beim »Abspülen« fährt er dem Flusspferd mit beiden Händen den Rücken hinunter, seift es mit kreisförmigen Bewegungen der flachen Hand ein und massiert anschließend mit den Fingerspitzen ausgiebig den Rücken des Flusspferds, bevor er es nach erneutem »Abspülen« mit sanften Streichbewegungen »abtrocknet«. Dann werden die Rollen getauscht: Der Wärter ist nun Flusspferd, das Flusspferd der Wärter.
Beenden Sie auch diese Übung mit ein paar Minuten Ruhe, bevor Sie eine weitere Übung anschließen oder zum normalen Tagesablauf übergehen. Diese

Partnerübung kann mit verschiedenen Zootieren gespielt werden. Beim nächsten Waschtag sind vielleicht die Bären oder die Löwen dran, die brüllen, wenn sie zu stark geschrubbt werden, und zufrieden schnurren, wenn man sie richtig schrubbt.

Vorlesetext

▶ Heute ist Waschtag im Zoo. Am Waschtag, das ist doch klar, müssen die Tiere im Zoo gewaschen werden. Das macht allen Tieren Spaß, aber am meisten gefällt der Waschtag den Flusspferden. Sie freuen sich ganz besonders darauf, dass der Wärter sie abschrubbt.
Als Erstes spült der Wärter das Flusspferd ausgiebig mit Wasser ab. So ein Flusspferdrücken ist groß, und der Wärter braucht viel Wasser. Danach wird der Flusspferdrücken eingeseift. Jetzt kommt ein Teil, der dem Flusspferd besonders viel Spaß macht: Sein Rücken wird abgebürstet. Schließlich soll es ja schön sauber werden. Doch Flusspferde sind am Rücken manchmal empfindlich, und der Wärter darf nicht allzu wild den Flusspferdrücken schrubben. Nun ist das Flusspferd schön sauber gebürstet. Jetzt muss der ganze Seifenschaum wieder mit viel Wasser abgespült werden. Jetzt sind wir mit der Flusspferdwäsche beinahe fertig. Fehlt nur noch, dass der Wärter den Rücken des Flusspferds noch abtrocknen muss.
Wenn am Abend alle Flusspferde gewaschen sind, fühlen sie sich besonders wohl. Sie strecken sich und denken darüber nach, wie schön es war, den Rücken geschrubbt zu bekommen. ◀

Beim »Einseifen« und »Abschrubben« darf nicht zu fest, aber auch nicht zu leicht hingefasst werden. Die Hände flach halten und den Druck am besten mit dem Körpergewicht regulieren. Darauf achten, dass sich die »Wärter« bei der Arbeit nicht selbst verspannen.

Kleine Elefanten bei der Arbeit

Für diese Übung sollten ein paar Kissen oder andere Gegenstände vorhanden sein, die die Arbeitselefanten transportieren können.
Die Kinder stellen sich paarweise zusammen: Je eines ist der Elefantenführer, das andere der Arbeitselefant. Die Kinder, die die Elefanten spielen, legen den rechten Arm in ihre linke Armbeuge und fassen sich mit der linken Hand an die Nase. Der ausgestreckte rechte Arm stellt den Rüssel dar.
Die Kinder gehen paarweise in einem großen Kreis durch den Raum. Nach ein paar Runden langsamen Gehens nehmen die Elefanten die Kissen auf. Die Elefantenführer führen ihre Elefanten durch den Raum und lassen sie die Kissen an verschiedenen Orten niederlegen. Dann werden die Rollen getauscht, und die Elefanten müssen die Kissen an ihren ursprünglichen Ort zurücktransportieren. Am Schluss der Übung legen sich die Kinder auf ihre Matten bzw. auf den Boden und ruhen sich ein wenig aus. Nach ein paar Minuten können Sie die Kinder auffordern zu erzählen, woran sie gedacht haben.

Für einen Elefantenführer ist sein Elefant ein richtiger Freund. Er gibt ihm zu fressen und zu trinken, wäscht ihn, spricht mit ihm und macht sich Sorgen, wenn er krank ist.

Vorlesetext

Damit die Partner auch ohne Worte gut miteinander harmonieren, ist eine ruhige Atemübung zu zweit als Vorbereitung hilfreich. Beispielsweise legt ein Kind dem anderen die Hand auf den Bauch und spürt der Atembewegung nach.

▶ Vielleicht wisst ihr, dass in manchen Ländern Elefanten zum Arbeiten eingesetzt werden. Vor allem in Indien werden bis heute Elefanten dressiert, um Baustämme und andere schwere Dinge zu tragen. Das ist für die Elefanten kein Problem. Sie sind gutmütig und stark und freuen sich, wenn der Elefantenführer mit ihnen zur Arbeit geht.

Die Elefantenführer führen ihre Elefanten, indem sie in ruhigem Ton mit ihnen reden und sie auf der Seite, in die sie gehen sollen, leicht hinter dem Ohr antippen. Sollen die Elefanten mit dem Rüssel etwas heben oder niederlegen, tippen die Elefantenführer leicht auf den Rüssel. Am besten kommen die Elefantenführer mit ihren Elefanten zurecht, die nicht viel reden müssen und sich nur mit Antippen und kurzen Kommandos verständigen.

Zuerst führen die Elefantenführer ihre Elefanten zur Arbeit. Bei den Baumstämmen angekommen, nimmt jeder Elefant einen Baumstamm mit dem Rüssel auf und transportiert ihn dorthin, wo der Elefantenführer ihn haben will. Die Elefantenführer und die Elefanten haben viel gearbeitet und haben sich jetzt eine Ruhepause verdient. Sie legen sich auf ihren Ruheplatz und denken an etwas Schönes. ◀

Raupenlauf

Ein Bewegungsspiel für mindestens sechs Teilnehmer. Ist die Kindergruppe groß genug, können ein paar Kinder als Hindernisse im Raum stehen. Sonst stellt man ein paar Stühle auf. Die Kinder stehen mit gespreizten Beinen vornübergebeugt hintereinander als Raupe. Von hinten wird ein Kissen durch die Beine von Kind zu Kind nach vorn weitergereicht. Während das Kissen weitergereicht wird, läuft das hinterste Kind nach vorn und stellt sich an die Spitze der Raupe. Kurz darauf folgt das nächste Kind usw.

Das jeweils vorderste Kind der Raupe stellt sich so auf, dass das Hindernis in einem Bogen umgangen werden kann. Als Spielleitung sollten Sie das Kommando geben, wann die Kinder hinten loslaufen, damit es nicht zu einem Durcheinander kommt. Nach einer Weile, wenn der »Fressplatz« erreicht ist, gehen die Kinder in die Hocke und verharren dort ein bisschen, bevor das Raupengebilde wieder den Heimweg antritt. Dabei werden die Kinder, die als Hindernisse aufgestellt waren, eingewechselt.

Die Raupe bewegt sich auf dem Rückweg nur noch langsam. Schließlich verteilen sich die Kinder wieder auf ihre Matten. Nach einer Weile fragen Sie sie, wie sie den Raupenlauf erlebt haben und woran sie in der Ruhephase gedacht haben.

Wenn die Raupe noch nicht voll gefressen ist, kann sie sich auch aufbäumen. Dann wird das Kissen nicht unten zwischen den Beinen, sondern oben über die Köpfe hinweg durchgereicht. Hat sie sich satt gefressen, kann sie natürlich nur noch gebückt und langsam laufen.

Vorlesetext

▶ Wie ihr wisst, ist eine Raupe ein langes Tier mit vielen Füßen. Ihr gemeinsam seid jetzt eine Raupe. Immer das hinterste Kind läuft nach vorn, wenn es das Kissen weitergereicht hat.

Die Raupe muss auf ihren Wanderungen über Stock und Stein gehen, bis sie endlich an einem Fressplatz ankommt. Sie macht also um jedes Hindernis einen großen Bogen. Endlich hat die Raupe ein schönes, saftiges Blatt gefunden. Sie macht sich sofort darüber her, und bald ist von dem ganzen Blatt nichts mehr übrig. Jetzt ist sie satt und will nach Hause. Sie kann jetzt aber nicht mehr so schnell laufen, so voll ist ihr Bauch.

Nachdem die Raupe beim Fressen war, ist sie wieder zu Hause angelangt. Erschöpft von der anstrengenden Wanderung legt sie sich hin und ruht sich aus. Dabei denkt sie sich etwas für ihr Raupenleben sehr Spannendes aus. ◀

Kleine Katzen unterwegs

Eine Bewegungsübung vor allem für die kleineren Vorschulkinder. Die Kinder stehen im Kreis und bewegen sich den Anleitungen entsprechend: Sie gehen langsam und leicht geduckt im Kreis, dann laufen sie eine oder zwei Runden, bevor sie wieder langsam im Kreis gehen. Eine Phase der Aktivität wie schnelles Laufen oder In-die-Luft-Springen wechselt sich ab mit langsamem Gehen. Gestalten Sie die Übung der Situation und der Kondition der Kinder entsprechend. Am Schluss der Übung legen sich die Kinder auf ihre Matten. Lassen Sie ihnen ein paar Minuten Ruhe, und fragen Sie sie dann, was die Kätzchen auf der Wiese noch alles gehört und erlebt haben.

Vorlesetext

▶ Ihr seid Kätzchen auf einem Erkundungsspaziergang. Kleine Katzen haben noch nicht so viel von der Welt gesehen. Sie sind neugierig, aber auch vorsichtig. Sie gehen ganz langsam und vorsichtig. Plötzlich hören die Kätzchen etwas rascheln. Sie bleiben stehen, halten den Atem an und spitzen die Ohren. War das vielleicht eine Maus? Sie schauen umher – und tatsächlich, da rennt eine Maus davon. Die Kätzchen natürlich sofort hinterher.

Katzen haben die unglaubliche Fähigkeit ihren Körper in Spannung zu halten, ohne sich anzustrengen. Sie sitzen stundenlang vor dem Mauseloch, konzentriert und aufmerksam, bereit zum Sprung, sobald die Maus sich blicken lässt. Dabei atmen sie ruhig weiter, die Muskeln bleiben locker und geschmeidig, und sie sind, ohne sich ablenken zu lassen, nur mit dieser einen Sache beschäftigt.

Doch plötzlich ist die Maus weg. Sie ist in einem Mauseloch verschwunden. So gehen die Kätzchen eben weiter, vorsichtig setzen sie eine Pfote vor die andere und schauen umher. Die Kätzchen riechen die Wiesenblumen und hören die Vögel singen. Da raschelt es. Vielleicht wieder die Maus? Die Kätzchen bleiben stehen, sind so ruhig wie nur möglich und lauschen gespannt. Tatsächlich läuft da wieder die Maus, und die Kätzchen laufen alle schnell hinterher. Doch die Maus ist schnell wie der Blitz. Schon hat sie wieder ein Mauseloch erreicht.

Die Kätzchen gehen langsam weiter und schauen sich genau um. Plötzlich hören sie ein Brummen. Sie bleiben stehen, spitzen die Ohren, schauen in die Luft – und tatsächlich, eine dicke Fliege brummt über ihren Köpfen. Die Kätzchen versuchen, die Fliege zu fangen. Sie recken sich und laufen der Fliege hinterher, und sie springen in die Luft. Die Fliege ist schneller und fliegt laut brummend davon.

Die Kätzchen bleiben stehen und lauschen der Fliege nach. Das Brummen wird immer leiser, bis sie es nicht mehr hören können. Schließlich sind sie müde vom vielen Laufen. Sie gehen nach Hause, um sich auszuruhen. Zu Hause angekommen, legen sich die kleinen Katzen in ihr Körbchen und denken darüber nach, was sie alles erlebt haben. ◀

Frösche im Teich

Die Liegematten oder -teppiche werden so im Raum verteilt, dass die Kinder mühelos von einer Matte zur nächsten hüpfen können – selbstverständlich ohne Schuhe. Zu Beginn liegt jedes Kind auf seiner Matte. Die Kinder hüpfen dann wie ein Frosch aus der Hocke von Matte zu Matte. Aus der Hocke hüpfen ist eine anstrengende Bewegung, und so werden die Kinder nach relativ kurzer Zeit außer Atem kommen. Zum Schluss hüpft jedes Kind wieder auf seine Matte und legt sich dort hin. Beenden Sie nach einer kurzen Pause die Übung mit der Frage, was die Frösche alles geträumt haben.

▶ Ihr seid jetzt lauter grüne Frösche in einem Teich. Jeder Frosch liegt auf seinem Seerosenblatt. Die Sonne scheint, aber das Wasser im Teich ist noch nicht richtig warm. Nachdem die Frösche eine Weile in der Sonne gelegen haben, wird ihnen langweilig, und sie wollen einander besuchen. Da das Wasser noch nicht so warm ist, hüpfen sie von einem Seerosenblatt zum anderen. Aber Vorsicht: Sitzen zu viele Frösche auf einem Blatt, dann sinkt es. Ihr müsst also auf ein anderes Blatt hüpfen, wenn mehrere Frösche auf einem Seerosenblatt sitzen. Jetzt dürfen nur noch kurze Zeit zwei Frösche auf einem Blatt sitzen. Kommt ein neuer Frosch hinzu, muss der, der schon dasaß, schnell auf ein anderes Seerosenblatt hüpfen.

Nun schauen alle Frösche, dass sie wieder auf ihr eigenes Seerosenblatt kommen. Es ist nämlich schon Nachmittag und Zeit, sich ein wenig auszuruhen. Die Frösche legen sich alle wieder in die Sonne, schließen die Augen und träumen vor sich hin. ◀

Vorlesetext

Übungen, bei denen die Kinder außer Atem kommen, regen die Atmung an. Bei anstrengenden Tätigkeiten muss »nachgeatmet« werden, um die »Sauerstoffschuld« abzutragen.

Katzen sind Meister der Konzentration. Schnelle Bewegung und völlige Ruhe wechseln sich fast übergangslos ab.

Motorflugzeug

Die Kinder stehen im Raum verteilt mit genügend Abstand zueinander, in der Ausgangsposition sind die Füße etwa hüftbreit auseinander, und die Arme hängen locker herunter.

Vorlesetext

▶ Stellt euch vor, ihr steht auf einer schönen Sommerwiese. Die Sonne scheint, und es ist schön warm. Es geht ein leichter, angenehmer Wind. Hört genau hin, vielleicht hört ihr den Wind.
Atmet ganz ruhig und spitzt die Ohren ... Hört ihr etwas? Ihr hört ein leises Brummen, das immer lauter wird. Ein Brummen weit hinten am Horizont. Und ihr seht auch etwas, da hinten taucht es auf. Es ist ein Motorflugzeug, das immer näher kommt. Ihr beobachtet das Flugzeug und müsst dabei die Augen etwas zusammenkneifen, weil es noch kaum zu sehen ist. Langsam kommt es näher, und eure Augen entspannen sich.
Das Flugzeug kommt näher und näher, es fliegt direkt auf euch zu, und ihr müsst den Kopf langsam nach hinten beugen. Jetzt ist das Flugzeug genau über euch, und ihr müsst den Kopf tief in den Nacken legen. Dann dreht das Flugzeug nach links ab, und ihr verfolgt es mit den Augen. Euer Kopf dreht sich langsam ganz nach links.
Das Flugzeug fliegt ein Stück, und dann dreht es wieder um. Es kommt wieder auf euch zu, und ihr dreht das Gesicht wieder nach oben. Der Kopf liegt immer noch im Nacken. Jetzt fliegt das Flugzeug nach rechts, und ihr schaut ihm nach. Ganz weit nach rechts fliegt es, dann dreht es wieder um und fliegt wieder auf euch zu. Wieder ist es genau über euch, und ihr habt den Kopf ganz tief im Nacken. Jetzt dreht das Flugzeug nach vorn ab. Es fliegt dahin zurück, woher es gekommen ist. Ihr schaut ihm nach, und langsam hebt ihr euren Kopf, bis er wieder gerade steht. Das Flugzeug ist nur noch ein kleiner Punkt. Hört genau hin. Seid ganz leise, atmet ruhig und horcht, ob ihr das Brummen des Motors noch hören könnt. ◀

Entspannungsübungen für die Augen erfrischen und beleben den Körper insgesamt, regen die Bauchatmung und die Magen-Darm-Tätigkeit an, da Augen- und Magennerven in engem Zusammenhang stehen. Außerdem verbraucht der Mensch 25 Prozent seiner Energie für den Sehvorgang. Sind die Augen müde, ist die Leistungsfähigkeit insgesamt vermindert.

Wir fliegen wie die Flugzeuge

Alle Kinder sind wieder gleichmäßig im Raum verteilt. Beim anschließenden Bewegungsspiel folgen sie der Spielleiterin. Die Kinder »landen« am Ende der Übung nacheinander bei ihren Matten und legen sich auf den Rücken.

Vorlesetext

▶ Stellt euch vor, ihr seid Motorflugzeuge. Lange habt ihr nur herumgestanden und durftet nicht fliegen, aber endlich ist es wieder so weit, und ihr dürft abheben. Streckt langsam eure Arme hoch, bis sie waagrecht stehen. Das sind eure Flügel. Ohne Flügel kann ein Flugzeug nicht fliegen. Das Flugzeug

Wo fliegen sie wohl hin, die beiden kleinen Flugzeuge? Der Sonne entgegen, vielleicht nach Japan – oder nur ein kurzer Ausflug zum Eiffelturm nach Paris?

startet, ihr geht also langsam los. In kleinen Schritten geht´s vorwärts, und plötzlich hebt ihr ab. Sanft gleitet ihr durch die Luft. Ihr fliegt ein Stück geradeaus, und dann dreht ihr ab. Jetzt fliegt ihr in die entgegengesetzte Richtung, bevor ihr wieder eine Kurve fliegt. In den Kurven liegen die Flügel schräg in der Luft, und das Flugzeug wird in den Kurven langsamer.
Passt auf, dass ihr nicht aneinander stoßt. Jedes Flugzeug muss genug Platz haben. Jetzt fliegt ihr einen großen Kreis. Der Kreis wird enger, dann wieder weiter, und jetzt fliegt jedes Flugzeug für sich allein, und jedes passt auf, dass es nicht mit einem anderen zusammenstößt. Langsam landen die Flugzeuge wieder, eines nach dem anderen. Wenn sie stehen, klappen die Flugzeuge ihre Flügel wieder herunter. Das war ein anstrengender Flug. Schließt eure Augen und atmet tief ein und aus. Überlegt, was ihr als Flugzeug in der Luft alles erlebt habt. Wie sahen die Häuser und die Leute von oben aus? ◀

Wer sich wie ein Flugzeug bewegt, muss das eher langsam tun, denn in der Luft geht das Manövrieren nicht so schnell. Flugzeuge bewegen sich gravitätisch und haben viel Zeit in ihrem Raum über den Wolken.

Marionettentheater

Die folgende Bewegungsübung ist beliebig erweiterbar. Probieren Sie einfach während der Übung neue Haltungen aus, und lassen Sie sich kleine Geschichten dazu einfallen. Die Kinder geben durch Nachlassen der Konzentration zu erkennen, wann Sie zu einem ruhigeren Geschichtenteil oder einem aktiveren Entspannungsteil wechseln sollten.
Die Kinder stehen wieder in einem weiten Kreis. Die Füße sind etwa hüftbreit auseinander, die Knie leicht gebeugt, die Schultern fallen leicht nach vorn, die Arme hängen herunter. Der Kopf ist leicht nach vorn und unten gebeugt.

Typisch für Marionettenbewegungen ist das leichte Schlenkern der bewegten Gliedmaßen. Zeigen Sie den Kindern eine Marionette, damit sie sehen, wie sie sich bewegt.

Vorlesetext

▶ Stellt euch vor, ihr seid Marionettenpuppen. Lange Zeit durftet ihr euch nicht mehr bewegen, und so steht ihr traurig da und wartet auf einen Puppenspieler, der euch wieder Leben einhaucht.
Und tatsächlich – plötzlich ein Ruck, und ihr richtet euch auf. Der Kopf steht gerade, der Rücken ist aufrecht, die Arme hängen schön herunter. Ihr steht nicht mehr krumm da und könnt tief durchatmen.
Ihr nehmt ein paar Atemzüge, lasst die Luft tief in euch einfließen und wieder ausfließen. Nach ein paar Atemzügen habt ihr wieder Energie.
Jetzt wird euer rechter Arm hochgezogen. Die Hand hängt noch schlaff herunter, doch auch in die Hand kommt Bewegung. Sie streckt sich und fällt wieder zurück, noch einmal streckt sie sich und fällt wieder zurück. Dann sinkt der ganze Arm wieder herunter. Plötzlich schnellt der linke Arm in die Höhe.
Die linke Hand streckt sich und fällt wieder zurück, streckt sich noch einmal und fällt wieder zurück. Dann plumpst auch der linke Arm wieder herunter.
Beide Arme werden gleichzeitig hochgezogen, die Hände strecken sich nach oben, fallen wieder zurück, noch einmal strecken sie sich und fallen wieder zurück. Die Arme plumpsen nach unten und hängen wieder locker an euch herunter.

Der Dichter Heinrich von Kleist beschreibt in seinem Aufsatz »Über das Marionettentheater« sehr anschaulich die Prinzipien von entspannten Bewegungen und die daraus resultierende Eleganz und Ungezwungenheit.

Marionettenfiguren verdeutlichen das Prinzip der entspannten Bewegungen. Typisch ist das leichte Schlenkern der bewegten Gliedmaßen.

Das rechte Knie kommt langsam hoch, bis auf halbe Höhe. Der Oberschenkel ist waagrecht, der Unterschenkel und der Fuß pendeln ein paar Mal vor und zurück. Das Knie sinkt langsam, das rechte Bein steht wieder auf dem Boden. Das linke Knie kommt langsam hoch. Wenn der Oberschenkel waagrecht steht, pendeln Unterschenkel und Fuß locker vor und zurück. Mehrere Male pendeln sie vor und zurück. Dann sinkt das Knie langsam, und ihr steht wieder mit beiden Füßen auf dem Boden. Die Marionette hat ihre Gelenke geprüft. Langsam geht die Marionette los. Ihr bewegt euch mit eckigen Bewegungen vorsichtig im Kreis. Langsam bewegt ihr euch, und langsam atmet ihr auch. Die Bewegungen werden besser und fließender, aber ihr seid eine Marionette, und das sieht man euren Bewegungen an. Ihr bewegt euch ganz langsam. Dann bleibt ihr stehen, dreht euch um und geht in der anderen Richtung im Kreis. Schön langsam geht ihr, und langsam atmet ihr auch ein und aus. Mit der Zeit werden die Bewegungen wieder ein bisschen fließender und geschmeidiger. Schließlich hat sich die Marionette genug bewegt. Sie geht zu ihrem Liegeplatz und legt sich mit eckigen Bewegungen hin. Sie schließt die Augen und überlegt sich, wie sich Marionettenbewegungen anfühlen. ◀

Vielleicht gelingt es den Kindern bei dieser Übung, sich stark auf die Bauchatmung zu konzentrieren. Dabei denken sie nämlich nicht an die Bewegungen von Armen und Beinen und laufen dann weniger Gefahr festzuhalten.

Wattebällchen und Stein

Die Kinder sitzen mit geschlossenen Augen auf einem Stuhl und halten die Arme waagrecht mit den Handflächen nach oben vor sich.

Vorlesetext

▶ Stellt euch vor, auf der linken Handfläche liegt ein ganz leichtes Wattebällchen und auf der rechten ein schwerer Stein. Nun kommen noch ein Wattebällchen und noch ein Stein dazu usw. Am Schluss alles fallen lassen und die Arme ausschütteln. ◀

Flieg, Kissen, flieg

Dieses Bewegungsspiel wird mit nur einem Kind gespielt und eignet sich gut dazu, vor dem Zubettgehen noch eine kleine Aktivitätsphase einzubauen.
Im Stehen wirft das Kind ein kleines Kissen in die Höhe. Während das Kissen in der Luft fliegt, klatscht das Kind in die Hände, hüpft einmal hoch oder dreht sich einmal um sich selbst.
Am Anfang soll das Kissen nicht so hoch fliegen, nach und nach darf es immer höher geworfen werden.
Nach einigen Würfen im Stehen darf das Kind im Bett sitzend das Kissen noch ein paar Mal werfen, erst ziemlich hoch, dann immer weniger hoch, bevor das übliche Einschlafritual und die Gutenachtgeschichte folgen.

Musik & Co. zur Entspannung

Tips zur Durchführung

Die alten Ärzte vor Christi Geburt wussten um die Heilwirkung von Musik. Beispielsweise bliesen die Griechen einfach Töne gegen schmerzende Körperstellen, und bestimmte Tonarten wurden gegen körperliche und seelische Leiden verordnet.

Im Anschluss etwa an eine Atementspannungsübung, die Muskelentspannung oder eine Phantasiegeschichte bietet sich ein musikalischer Übungsteil an. Dabei geht es darum, Musikstücke auf die Kinder wirken zu lassen. Dazu ist stark rhythmisch oder melodiös geprägte Musik nicht gut geeignet, vielmehr bieten sich ruhige Stücke an wie etwa

- Greensleves
- Robert Schumann »Träumerei« (aus den »Kinderszenen«)
- Jacques Offenbach »Barcarole« (aus »Hoffmanns Erzählungen«)
- Ludwig van Beethoven »Mondscheinsonate«
- Smetana »Die Moldau«
- Gheorge Zamfir »Die goldene Panflöte«

sowie andere »verträumte« Musikstücke, auch ruhige klangliche Stimmungs- und Landschaftsbilder und sogar gregorianische Choräle. Probieren Sie ruhig ein paar Musikstücke aus, und beobachten Sie, wie lange die Kinder sich mit geschlossenen Augen von der Musik tragen lassen. Macht sich leichte Unruhe breit, blenden Sie die Musik langsam aus und lassen die Kinder eine Aktivierungsübung machen, bevor es wieder mit dem alltäglichen Geschehen weitergeht.

Mit Kindern singen

Neben diesem meditativen Aufnehmen von Musik und Klangbildern helfen auch selbst gesungene Lieder bzw. allein schon die Konzentration auf das Hören, eine Entspannungswirkung hervorzurufen. Wichtig ist, den Unterschied zwischen entspannter Stille und lärmiger Alltagswelt deutlich zu machen und den Kindern ein Gespür für die »leisen Töne« zu geben.

Hörerlebnisse

Der Ton verschwindet

Diese Übung, für die Sie einen kleinen Gong oder einen Triangel benötigen, eignet sich gleichfalls sehr gut, um ruhige Übungen einzuleiten.
Alle Kinder haben sich auf ihre Matten gelegt. Sie liegen auf dem Rücken und haben möglichst die Augen geschlossen.

Vorlesetext

▶ Ihr liegt ruhig und entspannt da, und nichts stört euch. Ihr atmet tief und gleichmäßig. Alles ist ruhig. Ihr seid ganz still und horcht auf den Ton, den ich gleich auf dem Gong schlage. Hört ganz genau hin und verfolgt den Ton, solange ihr könnt. Wenn ich den Gong schlage, hebt ihr einen Arm hoch. Sobald ihr den Ton nicht mehr hört, kein bisschen mehr, lasst ihr den Arm sinken. ◀

Klänge malen

Um sich bei dieser Übung gut entspannen zu können, liegen oder sitzen alle Kinder auf dem Boden oder auf ihren Matten, ganz wie es ihnen angenehm ist. Sie brauchen einen Triangel, eine Trommel, eine Flöte und andere Instrumente und für die Kinder Zeichenpapier und Farbstifte.

Vorlesetext

▶ Legt oder setzt euch entspannt hin. Euer Atem kommt und geht wie ein sanftes Lüftchen. Alles ist ganz ruhig. Hört ihr die Stille? Wenn ich jetzt einen Ton mit einem Instrument erzeuge, achtet darauf, wie er bei euch ankommt, was er auslöst, welche Gefühle er entstehen lässt. Seht ihr Farben und Formen? Ist der Ton kräftig oder leise? Versucht nun, mit den Farbstiften den Ton zu malen. Wer mag, kann auch zu zweit oder dritt den Ton auf ein großes Papier malen. ◀

Horch, was kommt von draußen rein

Diese Übung machen Sie am besten im Sommer, oder Sie heizen den Raum gut vor. Alle Kinder liegen auf ihren Matten und haben die Augen geschlossen. Wenn die Kinder zur Ruhe gekommen sind und es im Raum ganz still geworden ist, öffnen Sie ein Fenster.

Vorlesetext

▶ Ihr spürt den Boden unter euch und atmet tief und ruhig. Ich öffne jetzt ein Fenster. Merkt euch so viele Geräusche wie möglich. Nach einer Weile werde ich das Fenster wieder schließen, und wir unterhalten uns, was ihr gehört habt. Welche Geräusche waren nur ganz selten zu hören und welche ganz oft? Welche Geräusche habt ihr nicht erkannt? Vielleicht könnt ihr sie nachahmen, so dass wir sie erkennen. ◀

Geräusche suchen

Beim Summen gerät der ganze Körper in Vibrationen und wird dadurch gelockert. Summen verhindert außerdem die Pressatmung, wirkt ausgleichend und schleimlösend.

- Die Kinder liegen mit geschlossenen Augen auf ihren Matten.
- Wenn alle Kinder ruhig geworden sind, sprechen Sie mit ihnen ab, auf welche Geräusche sie achten sollen, wenn Sie das Fenster geöffnet haben. Zuerst vielleicht auf Autogeräusche, auf den Wind, auf Geräusche von Menschen wie Schritte, Husten, Reden, Lachen.
- Teilen Sie bei einer späteren Übung die Kinder in Gruppen, und jede Gruppe muss auf einen bestimmten Geräuschbereich achten.

Wenn das Fenster wieder geschlossen wurde, berichten die Kinder, was sie gehört haben, welche Geräusche deutlich und welche nur sehr schwer zu erkennen waren.

Summen und bewegen

Die Kinder stehen im ganzen Raum verteilt. Dann laufen sie los, und jedes summt seiner Geschwindigkeit entsprechend hoch oder tief. Nach ein paar Runden mit wechselnder Geschwindigkeit gehen die Kinder zu ihren Matten und legen sich auf den Rücken.

Vorlesetext

► Stellt euch vor, dass ihr euch nur bewegen könnt, wenn ihr einen Ton von euch gebt. Sobald ihr loslauft, müsst ihr einen Ton summen. Ihr summt tief, wenn ihr langsam lauft, und hoch, wenn ihr schnell lauft.
So, jetzt stellt euch alle in einem großen Kreis auf. Ihr geht im Kreis in eine Richtung, nur summt ihr diesmal nicht, sondern ihr bewegt euch so schnell, wie ich summe. Wenn ich tief summe, bewegt ihr euch langsam, wenn ich hoch summe, bewegt ihr euch schnell. Ihr liegt jetzt ganz ruhig da und stellt euch vor, ihr könnt fliegen. Wenn ihr anfangt zu summen, hebt ihr langsam ab. Bei einem hohen Summton fliegt ihr hoch, bei einem tiefen niedrig. Ihr könnt eure Flughöhe mit der Höhe des Summtons verändern. Versucht zwischendurch einmal, in Wellenlinien zu fliegen. ◄

Sommerregen

Bei diesem Spiel liegen die Kinder auf dem Rücken. Es kann aber ohne weiteres auch im Sitzen gespielt werden. Die Augen müssen nicht unbedingt geschlossen sein, vor allem dann nicht, wenn das Spiel am Schluss einer Entspannungssitzung als Aktivierungsübung steht.

Vorlesetext

► Stellt euch einen schönen, sonnigen Tag vor. Kein Lüftchen regt sich, keine Wolke ist am Himmel zu sehen. Es ist richtig heiß. Plötzlich kommt ein Wind auf, ein ganz leichter, warmer Wind, der immer stärker wird. Mit dem Wind

kommen Wolken. Erst schieben sich vereinzelt ein paar schwarze, große Wolken vor, dann ist der ganze Himmel bedeckt mit ihnen. Es ist viel dunkler geworden, denn die Wolken haben die Sonne verdeckt. Plötzlich hört der Wind wieder auf. Leise und leicht fallen die ersten Tropfen. Tippt ganz leicht mit euren Fingerspitzen auf den Boden. Ganz leise und leicht. Hört ihr? Man kann den Regen kaum hören.
Doch die Tropfen werden langsam mehr und größer. Lasst mal hören, wie sie schwerer werden, und trommelt ein bisschen fester mit den Fingerspitzen auf den Boden. Jetzt geht es immer schneller. Die Tropfen fallen in dichter Folge, immer schwerer und lauter fällt der Regen. Trommelt jetzt mit den Fingerspitzen kräftig auf den Boden.
Jetzt fällt der Regen wie ein Platzregen. Klopft mit den Händen auf den Boden. Zwischendurch donnert es. Ein richtiger Wolkenbruch geht nieder. Trampelt mit Händen und Füßen auf den Boden, so laut ihr könnt. Aber ein Wolkenbruch dauert nie lang. Das Donnern hört auf, der Regen lässt nach. Jetzt wieder nur mit den Fingerspitzen auf den Boden klopfen und immer leiser werden. Der Regen wird immer schwächer, die Tropfen werden weniger und weniger. Die Wolken lösen sich auf, es wird wieder heller. Nur noch ein paar Tropfen fallen. Schon ist der Regen nicht mehr zu hören. Seid ganz leise. Hört ihr ihn noch? Der Regen hat aufgehört, und die Luft ist klar und frisch geworden. Ihr nehmt ein paar tiefe Atemzüge und stellt euch vor, dass ihr hinausgeht auf die frisch gewaschene Straße. An allen Blättern hängen Wassertropfen, und die Vöglein zwitschern. ◀

Die Atmung wechselseitig wahrnehmen hilft Kontakt aufnehmen. Sich aufeinander einzulassen wirkt sich immer entspannend und lockernd auf die Muskulatur und die seelische Verfassung aus. Dann kann sich auch die Atmung vertiefen, und man kommt zur Ruhe.

Unter der Decke

Eine Übung, die sich am besten mit nur einem oder zwei Kindern durchführen lässt.
Nehmen Sie eine dünne Decke oder noch besser ein großes Tischtuch, und werfen Sie es über sich und das Kind.
Schmiegen Sie sich eng aneinander und lauschen Sie. Was kann man alles hören? Den eigenen Atem – also atmen Sie beide ganz leise und horchen auf die Geräusche von außen.
Legen Sie sich nacheinander gegenseitig den Kopf auf Brust und Bauch. Wie laut und wie schnell schlägt das Herz? Wie hört sich ein Brummton an, wenn man ihn an der Brust des anderen abhört? Wie ein ganz tiefer Atemzug? Was gurgelt da im Bauch? Unter der Decke entsteht durch die Abdunklung und die Konzentration auf Geräusche eine ganz eigentümliche, ruhige Stimmung.

Lieder und Spiele mit Musik

Sich zur Musik bewegen fördert das Rhythmusgefühl und den Sinn für Harmonie und macht Spaß.

Neben die Hörerlebnisse und das meditativ entspannende Musikhören treten hier Spiele mit zum Teil mehr, zum Teil weniger Bewegungsanteil. Flechten Sie doch einmal zwischen ruhigere Entspannungsübungen ein Spiel mit Musik und Bewegung ein; aber auch am Schluss einer Entspannungssitzung verhelfen nicht allzu wilde Spiele zur Aktivierung der Kinder.

Tanz mit dem Luftballon

Die Kinder stehen sich paarweise in zwei Reihen gegenüber. Die beiden sich jeweils gegenüberstehenden Kinder halten gemeinsam einen Luftballon an den ausgestreckten Armen zwischen sich.
Der Spielleiter oder die Spielleiterin schaltet Musik ein, und die Kinder schunkeln im Takt der Musik nach links und rechts.
Nach ein paar Takten Musik lösen sich die Reihen auf, und die Kinder tanzen paarweise mit ihrem Luftballon.
Auf Anweisung der Spielleitung halten sie den Luftballon nacheinander nur mit einer Hand, zwischen ihren Bäuchen, mit den Nasen und mit dem Po.
Noch interessanter wird das Spiel, wenn Sie Musik wählen, die schneller wird.

Aufsteigende Luftballons: lauter kunterbunte Farbflecken am Sommerhimmel.

Parkplatzsuche mit Musik

Alle Kinder laufen oder gehen zur Musik durch den Raum.
Weil sie kleine Autos sind, machen sie natürlich laut »Töf, töf« oder »Brmm, brmm« und hupen und bremsen mit lautem Gequietsche.
Der Spielleiter oder die Spielleiterin verteilt mehrere Tücher im Raum.
Wenn die Musik stoppt, müssen sich alle »Autos« einen Parkplatz auf einem Tuch suchen.
Es dürfen sich auch zwei oder mehr Kinder auf ein Tuch stellen.
Nach jeder Runde wird ein Tuch weggenommen, bis am Ende nur noch ein einziges Tuch im Raum liegt.
Auf diesem Tuch müssen dann alle Kinder einen Parkplatz finden. Da heißt es eng zusammenrücken und möglichst wenig Platz beanspruchen.

Klassische Musik für Kinder: Sergei Prokofjew »Peter und der Wolf«, Camille Saint-Saëns »Karneval der Tiere«, Peter Tschaikowsky »Der Nussknacker«, Wolfgang Amadeus Mozart »Eine kleine Nachtmusik«.

Spiegeltanz

Wieder stehen sich zwei Kinder gegenüber.
Ein Kind bewegt sich zur Musik, das andere Kind ist der Spiegel und muss die Bewegungen, die Mimik und Gestik des ersten Kindes nachahmen.
Nach einer Weile tauschen die Kinder die Rollen.
Die Musik sollte bei diesem Spiel nicht zu schnell sein, da sonst die Bewegungen für den »Spiegel« zu schnell werden.

Überraschungstanz

Die Kinder laufen zur Musik kreuz und quer durch den Raum. Unvermutet bricht die Musik ab, und die Spielleitung gibt Anweisungen, was die Kinder während der Musikpause machen müssen. Ebenso unvermutet setzt die Musik wieder ein, und die Kinder gehen wieder im Rhythmus der Musik durch den Raum.

Vorschläge für die »Pausenüberraschungen«

- Hintereinander in alle vier Ecken des Raums laufen
- So vielen anderen Kindern wie möglich schnell die Hand schütteln
- Die Luft anhalten
- Beim nächsten Musikteil auf allen vieren weiterlaufen
- Ein paar Mal ganz tief durchatmen
- Beim nächsten Musikteil wie die Frösche hüpfen
- Sich ganz schnell flach auf den Rücken legen
- Dem nächststehenden Kind leicht auf die Oberschenkel klopfen

Musik und einfache Bewegungselemente – etwa verschiedene Schrittfolgen – lassen sich gut miteinander verbinden, wie z. B. beim folgenden Falterlied.

Der rote Falter

Das Falterlied

Anstatt zu diesem Lied umherzugehen, können die Kinder ihren Gesang auch mit selbst gebastelten Instrumenten, wie Rasseln, Trommeln, Blasinstrumenten oder einfach Klatschen begleiten.

Die Kinder gehend singend im Kreis herum.
Sie halten sich an den hoch gestreckten Händen.
Bei »Blümchen gehen zu« hocken sich alle nieder.
Der »rote Falter« kommt angeflogen.
In der Hand hat er einen roten Schmetterling aus Seidenpapier.
Er fliegt zwischen den Kindern hindurch in die Mitte
und hockt sich neben ein Kind.
Dieses wird nun den »roten Falter« spielen.

Es regnet ohne Unterlass, es regnet immerzu,
die Schmetterlinge werden nass, die Blümchen gehen zu.
Roter, roter Falter, komm, ach komm zu mir,
aber deinem Brüderlein schließe ich zu die Tür.

Ein anderes Lied lädt die Kinder zum lustigen Rundtanz ein:

Text/Mel.: nach einem alten Kindergartenlied v. Dorothée Kreusch-Jacob

Ich bin ein kleiner Tanzbär

1. Ich bin ein kleiner Tanzbär und komme aus dem Wald.
Ich suche mir jetzt einen Freund und finde ihn schon bald!
Refrain:
Komm, sei mein Freund und tanz mit mir, die Bärenpfote reich ich dir!
Ich bin ein kleiner Tanzbär und komme aus dem Wald.

2. Wir sind zwei kleine Tanzbär'n und kommen aus dem Wald.
Wir suchen uns jetzt einen Freund und finden ihn schon bald!
Refrain:
Komm, sei mein Freund und tanz mit mir, die Bärenpfote reich ich dir,
wir sind drei kleine Tanzbär'n und kommen aus dem Wald.

Ein Kind spielt den Tanzbär und kommt tapsig aus dem Wald. Es sucht sich, wie im Lied beschrieben, einen Freund, den es an der Hand nimmt und mit ihm tanzt. Nach und nach sind alle Kinder kleine Bären und tanzen vergnügt herum.

Horch, horch ...

Während die Kinder leise singen, bekommt jede Strophe eine eigene Begleitmusik. Die Geräusche werden ins Lied eingeflochten. Manchmal tauchen sie auch als Nachspiel am Ende der Strophe auf.
Musik und Geräusche werden in dem folgenden Stück miteinander verbunden. Der Phantasie sind dabei keine Grenzen gesetzt.

Text/Mel.: Dorothée Kreusch-Jacob

Die Geräusche können mit Zellophan- oder Zeitungspapier erzeugt werden. Vielleicht möchten die Kinder dann sogar ein Hörspiel mit Geräuschen aufnehmen. Gedonnert wird mit einem Stück Blech, und für den Hagel werden getrocknete Erbsen auf ein Backblech geworfen.

1. Wenn's dunkel wird draußen,
klopft der Nachtfalter an.
Horch, horch, klopft der Nachtfalter an.
Horch, horch, klopft der Nachtfalter an.

2. Wenn's dunkel wird draußen,
raschelt's hinter dem Busch.
Horch, horch ...

3. Wenn's dunkel wird draußen,
pfeift der Wind um das Haus.
Horch, horch ...

4. Wenn's dunkel wird draußen,
schnauft der Igel durchs Gras.
Horch, horch ...

5. Wenn's dunkel wird draußen,
bellt ein Hund irgendwo.
Horch, horch ...

6. Wenn's dunkel wird draußen,
schleicht die Katz' übers Dach.
Horch, horch ...

7. Wenn's dunkel wird draußen,
rauscht der Birnbaum im Schlaf.
Horch, horch ...

8. Wenn's dunkel wird draußen,
fliegt dein Lied durch die Nacht.
Horch, horch, fliegt dein Lied durch die Nacht. Horch, horch ...

Einschlaflied

Das Einschlafritual, vor allem bei Kleinkindern, beinhaltet meist auch ein ruhiges, melodiöses Einschlaflied, das jeden Abend beim Zubettgehen von Mama oder Papa gesungen wird.
Singen Sie das Lied vor dem Erzählen einer Gutenachtgeschichte, denn meist ist das Kind nach der Geschichte so müde, dass es durch das Singen wieder munter würde.

Machen Sie sich keine Sorgen darüber, dass Sie vielleicht nicht singen können. Es geht nicht um eine perfekte gesangliche Darbietung, sondern um die beruhigende Stimme und die harmonische Melodie.

Schlaf Kindelein süße

1. Schlaf, Kindelein, süße,
die Engelein lassen dich grüßen,
sie lassen dich grüßen und lassen dir sag'n,
dass sie dich werden ins Himmelreich trag'n.

2. Schlaf, Kindelein, balde,
so singen die Vögelein im Walde;
sie singen den grünen Wald aus und ein;
heijo, mein Kindelein, schlafe nun ein.

Yoga

Was ist Yoga?

Das Geheimnis von Yoga liegt darin, die Muskeln zu strecken und nicht wie bei Turnübungen anzuspannen. Die Bewegungen geschehen alle sehr langsam, dann bekommt man auch genau mit, wenn etwas weh tut. Denn Schmerz ist immer ein Warnsignal des Körpers. Außerdem geht es nicht darum, wer besser oder schlechter ist, sondern wie gut einem die Übung selbst tut.

Yoga ist das älteste uns überlieferte Übungssystem für eine bewusste Entwicklung des ganzen Menschen. Diese Kunst ist 5000 Jahre alt und wurde vor 2500 Jahren niedergeschrieben. Yoga vermittelt einen Einblick in Gesetzmäßigkeiten und Zusammenhänge des Lebens und erleichtert durch geeignete Übungen den Weg zur Selbstfindung und Selbstwerdung. So kann eine kurz gefasste Antwort auf die Frage »Was ist Yoga?« lauten.

Das Wort »Yoga« entstammt der indischen Gelehrtensprache Sanskrit und leitet sich von dem Wort »yuij« ab. Die Urbedeutung dieses Stammwortes ist »Anschirren« (von Zugtieren), »Einspannen« unter das »Joch«. So wird als Übertragung des Wortes »Yoga« sowohl der Begriff »Joch« als auch »Vereinigung« verwendet, da das Joch Zugtiere zu einer gemeinsamen Aufgabe vereint. In diesem Sinn versucht das Übungssystem Yoga, Körper, Geist und Seele zu vereinigen.

Hathayoga

Es gibt viele Yogaformen, die alle zu diesem gleichen Ziel führen sollen. Dabei unterscheidet man vier Hauptarten: das intellektuelle Yoga, das Yoga der Menschenliebe, das auf die Konzentration gerichtete Yoga und das auf das Göttliche orientierte Yoga. Dazu gibt es weitere klassische Yogaarten, zu denen auch das Hathayoga zählt. Seine Wurzeln lassen sich bis ins 13. Jahrhundert verfolgen, und die Inder sehen sein Ziel besonders in der Belebung des Körpers und in der Reinigung des Nervensystems. Hathayoga beschäftigt sich vor allem mit Übungen für den Körper.

Dazu gehören traditionell die verschiedenen Stellungen und eine Art gelenkter Atmung. Die Form, die sich vor allem mit Übungen für den Körper beschäftigt, ist die des Hathayoga. »Hatha« bedeutete ursprünglich »Kraft«, wurde inzwischen aber auch als »ha« (= Sonne) und »tha« (= Mond) umgedeutet. Hathayoga wäre demnach die Vereinigung von Sonne und Mond, die Vereinigung gegenpoliger Kräfte. Zusammen bringen sie den Körper ins Gleichgewicht und bewirken Harmonie und Ausgeglichenheit.

Warum Yoga auch für Kinder geeignet ist

Die wichtigsten Voraussetzungen zu der im Yoga angestrebten Einheit sind ein gesunder Körper mit gut arbeitenden Organen, mit entspannten Nerven und ein heiteres und gelassenes Gemüt.
Die Realität in unserer sogenannten zivilisierten Welt sieht jedoch oft ganz anders aus. Schon unsere Kinder leiden unter den vielfältigsten körperlichen und seelischen Erkrankungen, sind hyperaktiv, leiden unter Schlafstörungen und Ängsten. Wir wollen Ihnen in diesem Kapitel relativ einfache Körper- und Atemübungen sowie Konzentrations- und leichte Meditationsübungen vorstellen, die vor allem für Kinder geeignet sind.

Die Bewegungen des Hathayoga sind den Streckbewegungen der Dschungeltiere abgeschaut, besonders den Katzen, die außergewöhnlich geschmeidig und entspannt sind. Eine Katze, die aufsteht, streckt sich zuerst, noch bevor irgendetwas anderes geschieht. Damit entspannt sie sich und bringt den Kreislauf in Schwung.

Yogaübungen für Körper und Geist

Körperübungen

Diese gymnastisch betonten Übungen beleben, erfrischen und durchbluten alle Organe, verbessern den Muskeltonus und fördern die Beweglichkeit der Gelenke. Mit ihrer Hilfe lassen sich sogar kleinere Fehlentwicklungen im Wirbelsäulen- und Hüftgelenksbereich günstig beeinflussen, und sie tragen zu einer stark verbesserten Körperhaltung bei.
Die Atmung wird vertieft und die Lungenkapazität vergrößert. Das oft unausgewogene vegetative Nervensystem (Sympathikus und Parasympathikus) gleicht Yoga durch Spannung und Entspannung aus.
Daneben sorgen sie bei unruhigen oder aggressiven Kindern für vermehrte Ausgeglichenheit. Ängstliche und übersensible Kinder werden gestärkt und selbstbewusster, und Kinder, die eher träge sind, finden Freude an ihrem Körper und seinen Bewegungen.

Entspannungsübungen

Übungen zur Entspannung helfen, die überreizten Nerven zur Ruhe zu bringen und Ängste abzubauen. Wie wir heute wissen, wirken Entspannungsübungen direkt über den Nervenweg auf das Immunsystem ein. So können über Entspannungsübungen auch körperliche Erkrankungen positiv beeinflusst werden. Die Praxis zeigt außerdem, dass Kinder, die gelernt haben, sich zu entspannen, eine bessere Merk- und Lernfähigkeit aufweisen.

Atemübungen

Die Meditationsübungen für Kinder nicht zu lange ausdehnen. Sie sollten bequem und entspannt mit geradem Rücken sitzen können und sich auf einen schönen Gegenstand oder ein reales Bild oder eines in der Vorstellung konzentrieren. Je nach Alter variieren.

Besonderes Gewicht wird im Yoga auf die natürliche Atmung gelegt. Mit dem Atem nehmen wir nicht nur Sauerstoff auf, sondern auch Lebenskraft. Ohne Atem können wir nur eine sehr kurze Zeit existieren. Unsere Gehirnzellen würden schon nach sage und schreibe drei Minuten absterben. Atem ist Nahrung des Geistes. Die meisten Menschen atmen allerdings zu flach, zu angestrengt, zu gepresst. Die Atembewegung ist nur in den Schultern zu sehen, der Bauch bleibt flach. Oder der Atem wird in Stresssituationen angehalten, man »hält sich zurück«, vielleicht um nur nichts falsch zu machen und nicht kritisiert zu werden. Falsche Körperhaltung, seelische Belastungen, Überreizung der Nerven sind nur einige Gründe dafür.
Oft haben wir aber auch einfach verlernt, »natürlich« zu atmen. Und all das können wir leider schon bei Kindern feststellen. Meistens genießen die Kinder Atemübungen, weil sie sehr schnell spüren, wie sich ihr Wohlbefinden verbessert. Andere wohltuende Auswirkungen von Atemübungen, wie die verbesserte Durchblutung des Gehirns, sind nicht so schnell spürbar, machen sich jedoch z.B. in der gesteigerten Aufmerksamkeit der Kinder positiv bemerkbar. Vor allem aber beruhigt die vertiefte Ausatmung das Nervensystem und trägt so beispielsweise zu einem ruhigeren Schlaf bei.

Konzentrations- und Meditationsübungen

Übungen zur Konzentration und Meditation sind nur bedingt für Kinder geeignet. Dabei ist auffällig, dass gerade die Konzentrationsfähigkeit durch die zunehmenden Umwelteinflüsse – z.B. durch die Medien – besonders bei Kindern immer weiter abnimmt.
Die Yogakonzentrationsübungen bieten daher eine gute Möglichkeit, Kinder wieder spielerisch dazu zu führen, sich eine gewisse Zeit auf ein Bild oder einen Eindruck zu konzentrieren. Deshalb sollten Sie immer ein oder zwei kleinere solcher Übungen in eine Yogastunde einflechten.

Tönen und singen

Kindern fällt es in der Regel leichter als den Erwachsenen, zu singen bzw. Töne zu artikulieren. Singen unterstützt eine natürliche Tiefatmung, baut Spannungen im Körper ab und heitert auf.
Die Anwendung bestimmter Töne im Yoga soll dazu dienen, das Gemüt von negativen Emotionen zu reinigen, Energieblockaden zu lösen, den Menschen in Harmonie zu bringen.

Wichtige Hinweise für ein sicheres Üben

Die Yogaübungen sollten in einem warmen, aber gut gelüfteten Raum durchgeführt werden. Stellen Sie jedem Kind eine Matte oder eine dickere Wolldecke als Unterlage zur Verfügung.
Wenn die Kinder z. B. bei den Atemübungen etwas länger sitzen, wäre ein Kissen oder ein Holzbänkchen hilfreich.
Natürlich kann man im Sommer auch ins Freie gehen. Eigentlich recht nahe liegend, da Yogaübungen u. a. die Verbindung von Mensch und Natur verfolgen. So sind viele Übungen, wie die »Sonne«, der »Halbmond« oder der »Sitz der Lotosblüte« von der Natur »abgeschaut«. Achten Sie dann allerdings darauf, dass der Yogaplatz schattig, aber nicht zugig ist.
Bequeme Kleidung und in der kühlen Jahreszeit warme Socken, möglichst aus natürlichen Materialien, sind die richtige »Trainingskleidung«. Ist es warm genug, kann natürlich auf Socken verzichtet werden, damit die Kinder ihre Füße und Zehen besser spüren können.
Brillen sollten bei den Übungen besser abgenommen und gut verwahrt werden, um der Verletzungsgefahr vorzubeugen.
Die im Folgenden beschriebenen Übungen sind grundsätzlich für alle Kinder geeignet, außer es liegen ernsthafte körperliche Störungen vor. Das Gleiche gilt natürlich, wenn Kinder krank sind und z. B. Fieber haben.
Achten Sie darauf, dass die Yogaübungen nicht im direkten Anschluss an eine Mahlzeit folgen. Ein bis zwei Stunden sollten dazwischen liegen.
Beginnen Sie eine Yogastunde mit kleinen Ritualen, die die Kinder auf die Stunde einstimmen. Schön wäre beispielsweise, eine Blume oder eine Kerze aufzustellen, bevor die Yogastunde beginnt. Anfang und Ende der Stunde oder auch einer Übungseinheit können etwa mit dem Anschlagen einer Klangschale oder auch einem anderen Instrument angekündigt werden.
Für Kinder ist es besonders wichtig, Yogaübungen so spielerisch wie möglich zu gestalten, da sie die einzelnen Yogahaltungen noch nicht so lange wie die Erwachsenen beibehalten können.
Dennoch sollten Sie die Kinder schrittweise immer weiter daran gewöhnen, sich so gut wie möglich auf die Übungen zu konzentrieren.
Lenken Sie die Aufmerksamkeit der Kinder während der Übungen immer wieder auf den Körper mit Fragen wie:

Wenn ein paar Regeln beim Praktizieren der Übungen beachtet werden, ist der Spaß noch größer. Wichtig ist außerdem, die Kinder nicht zu überfordern, Pausen zu machen, sie nicht untereinander zu vergleichen und sich auch selbst als Übungsleiterin voll zu konzentrieren. Seien Sie nicht enttäuscht, wenn die Kinder nicht sofort auf Ihre Vorschläge einsteigen.

»Spürt ihr eure Füße?«
»Könnt ihr die Zehen bewegen?«
»Könnt ihr euren Atem im Brustkorb spüren?«
Lassen Sie die Kinder jede Übung mit einem entspannten Ausatmen beginnen. Wenn nicht anders angegeben, wird jede Übung zweimal durchgeführt, und zwar gleichmäßig nach links und rechts, also auf jeder Körperseite.
Nach jeder Körperübung folgt eine kurze Entspannung.

Damit sich die Wirbelsäule ohne Anstrengung wie von selbst gerade aufrichten kann, ist es sinnvoll, sich so hinzusetzen, dass die Knie tiefer sind als das Becken. Das geschieht beim Fersensitz und beim Lotossitz, wenn die Leisten so dehnfähig sind, dass die Knie auf den Boden zu liegen kommen. Ansonsten ein Kissen unter das Gesäß legen.

Übungen mit Geschichten verbinden

Mit welchem Eifer die Kinder bei den nachfolgenden Übungen dabei sind, wird sicher auch daran liegen, in welchem Maß es Ihnen gelingt, die Aufmerksamkeit der Kinder zu fesseln.
Es kann sehr hilfreich sein, wenn Sie etwas über die Übungen erzählen. Ein Beispiel: »Habt ihr zu Hause eine Katze, habt ihr einmal beobachtet, wie sie sich morgens streckt und dann einen ganz runden Katzenbuckel macht?« Oder man erfindet eine kleine Geschichte, in der ein Bär vorkommt, und ermuntert jetzt alle Kinder, so wie der Bär durch den Wald zu tapsen.
Die Schlange kennen die Kinder vielleicht aus dem Dschungelbuch, und jetzt gerade bei dieser Übung richtet sie sich auf, weil sie etwas erspäht hat und ganz aufmerksam sein möchte.

Richtige Sitzhaltung im Yoga

Für einige Übungen, besonders Atem- und Meditationsübungen, werden Sitzpositionen eingenommen. Durch das bewegungslose Sitzen beruhigt sich der gesamte Stoffwechsel, Atemrhythmus und Herzschlag verlangsamen sich, und wenn der ganze Körper in entspanntem Gleichgewicht ist, löst sich der Geist von allen physischen und psychischen Störungen.
Die wichtigste Voraussetzung für einen optimalen Yogasitz ist der gerade Rücken. Die Wirbelsäule behält derart ihre natürliche Krümmung und ermöglicht dadurch einen ungehinderten Strom von Nervenimpulsen. Wichtig ist, dass sich die Kinder dabei nicht verkrampfen und das Becken aufgerichtet ist. Auch der aufrechte Sitz muss unter Umständen in mehreren Etappen geübt werden. Nicht weniger bedeutsam: Achten Sie darauf, dass die Knie tiefer liegen als die Hüftgelenke. Dies können Sie bereits durch eine Sitzun-

terlage, wie ein Kissen, einen kleinen Keil oder eine zusammengerollte Decke, erreichen. Zur Vorbereitung zu den Sitzübungen sollten die Kinder sich ein wenig aufwärmen: Zuerst massieren alle Füße und Knie, spielen ein bisschen mit den Zehen und klopfen die Füße aus.

Schneidersitz

Die Kinder sitzen mit locker überkreuzten Beinen und legen die Hände auf die Knie. Der Oberkörper ist aufgerichtet.

Ist der Oberkörper gerade, sind auch Brust- und Bauchraum nicht eingeengt, und man kann frei atmen. Gleichzeitig unterstützt die Haltung die Vorstellung, größer zu werden und sich nach oben zu öffnen und in der Erde gut verwurzelt zu sein.

Halber Lotossitz

Die besondere Beinstellung beim Lotossitz soll dazu beitragen, dass der Mensch fest und sicher auf der Erde sitzt, sich nach oben aufrichten und wie eine Blüte öffnen kann – ganz so, wie sich die auf dem Wasser schwimmende Lotosblüte mit ihren Wurzeln tief in der Erde verankert und ihre Blüte himmelwärts öffnet. Die Kinder sitzen mit geradem Rücken auf dem Boden.
Ein Bein ist gestreckt, das andere wird angewinkelt, mit dem Fußrücken auf den Oberschenkel des gestreckten Beines gelegt. Dann winkeln die Kinder auch das zweite Bein an.

Lotossitz

Die Kinder sitzen mit geradem Rücken auf dem Boden. Ein Bein ist gestreckt, das andere wird angewinkelt und mit dem Fußrücken auf den Oberschenkel des gestreckten Beines gelegt. Nun sollen die Kinder auch das noch gestreckte Bein beugen und den zweiten Fuß in gleicher Weise auf den Oberschenkel des anderen Beines legen. Diese Variante ist der perfekte Lotossitz, wobei es aber keinesfalls notwendig ist, dass die kleinen Yogis und Yoginis diese Sitzhaltung schon beherrschen. Doch meistens macht es den Kindern weniger Mühe als den Erwachsenen.

Beim Fersensitz unbedingt zur Schonung der Knie eine weiche Decke unterlegen. Die Kinder sollten sich gleich angewöhnen, aus dem Fersensitz so aufzustehen, dass sie das Gesäß anheben und aus dem Kniestand gerade nach vorn aufstehen.

Fersensitz

Aus dem Kniestand setzen sich die Kinder auf die Fersen, wobei die Füße eine Art Mulde bilden, in die sie sich hineinsetzen. Der Oberkörper ist aufrecht, die Hände liegen auf den Oberschenkeln. Ein Bänkchen oder eine zusammengerollte Decke kann den Fersensitz etwas angenehmer werden lassen. Das Gewicht wird dabei gleichmäßig auf Sitzfläche und Knie verteilt.

Sitz der Lotosblüte

Die Kinder setzen sich bequem und aufrecht hin, die Hände sind vor der Brust gefaltet. Langsam schieben sie die Hände nach oben über den Kopf, lösen sie dort voneinander und senken die Arme in einem Halbkreis wieder nach unten, bis die Hände sich wieder vor der Brust schließen. In einer Variation können Sie diese Übung mit der folgenden Vorstellung verbinden.

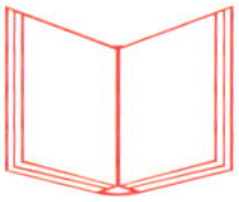

Vorlesetext

▶ Wenn morgens die Sonne aufgeht, streckt sich die Blüte ihr entgegen und reckt sich nach oben. Wird die Sonne wärmer, öffnet sich die Blüte, so wie wir jetzt unsere Arme zur Seite ausbreiten. Wenn die Arme ganz geöffnet sind, halten wir sie an: Es ist jetzt Mittagszeit. So bleibt die Blüte eine Weile geöffnet in der warmen Mittagssonne. Langsam beginnt sie, sich wieder zu schließen, und am Abend ist sie ganz geschlossen und geht zur Ruhe. Unsere Hände sind wieder zusammengefaltet vor der Brust. Pst, ganz leise, die Blume schläft. ◀

Löwe

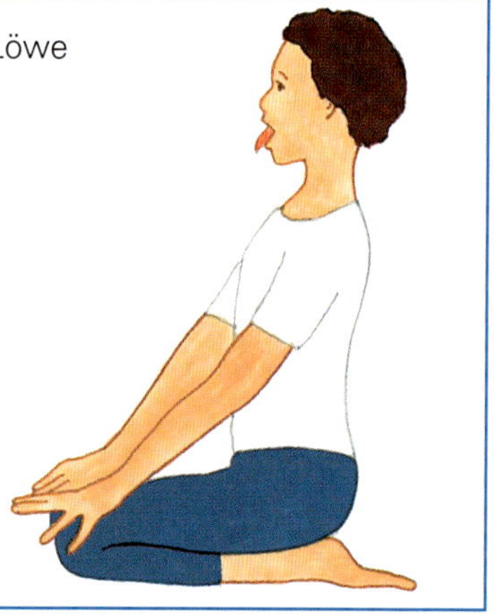

Löwe

Alle Kinder setzen sich im Kreis auf die Fersen, der Rücken bleibt ganz gerade, die Hände werden auf die Knie gelegt. Nun schließen die Kinder die Augen und atmen tief durch

die Nase ein oder »wie ein Löwe einschnauben«. Jetzt sollen sie Augen und Mund weit aufreißen, die Zunge herausstrecken, die Finger spreizen und dabei ein lautes Geräusch »wie ein Löwe, der alle erschrecken will« von sich geben.
Danach ist das Gesicht wunderbar entspannt, die Augen haben sich erholt, und bei Halsschmerzen ist diese Übung sehr wohltuend.

Die Grundstellungen

Im Rahmen der folgenden Übungssammlung werden Ihnen einige Körperpositionen bzw. -stellungen begegnen, die dort lediglich genannt, hier nun etwas detaillierter beschrieben werden.

- Stand

Der gesamte Körper ist gestreckt, Kopf gerade, die Füße etwa schulterbreit auseinander, die Knie leicht gebeugt und die Arme seitlich am Körper. Achten Sie darauf, dass das Becken der Kinder aufgerichtet ist, nicht gekippt, also keine Hohlkreuzhaltung, und dass die Schultern nicht hochgezogen sind.

- Grätschstand

Das Körpergewicht ist auf beide Beine gleichmäßig verteilt. Die Füße über Hüftbreite auseinander, die Fußspitzen senkrecht unter den Knien. Die Arme locker seitlich am Körper.

- Bankstellung

Knie und Hände stützen den Körper auf dem Boden ab. Dabei bilden Arme und Oberschenkel eine senkrechte Linie und mit Oberkörper- und Bodenlinie ein Viereck. Die Hände liegen mit der gesamten Handfläche in Schulterbreite leicht nach innen gerichtet auf dem Boden.

- Vierfüßlerstand

Die Hände werden flach auf den Boden gesetzt. Lediglich Füße und Hände haben nun Bodenkontakt. Die Wirbelsäule bleibt gerade, also nicht den Kopf heben und nicht im Nacken einknicken.

Damit die Grundstellungen nicht anstrengend sind, können Sie ruhig mit den Kindern eine Zeit lang daran arbeiten. Wer nur mit Muskelkraft übt, sollte sich einmal vorstellen, durch die Hände und Füße in die Erde hineinauszuatmen. Das stabilisiert.

Körperübungen

Katze

Die Katze, das Vorbild für alle Yogabewegungen.

Ausgangsposition: Bankstellung; Arme gestreckt. Die Kinder machen nun ihren Rücken so rund wie nur möglich – einen Katzenbuckel. Den Kopf ziehen sie dabei zwischen den Armen nahe zum Brustbein heran. Dann strecken sie langsam Wirbel für Wirbel den Rücken wieder durch – bis zu einem leichten (!) Hohlkreuz.
Die Streckbewegung startet mit dem Anheben des Kopfes, den die Kinder langsam weit nach hinten nehmen.
Die Übung drei- bis fünfmal wiederholen.

Die Bewegung läuft wie eine Welle die Wirbelsäule entlang. Gesäßmuskeln entspannen!

Bär

Ausgangsposition: Vierfüßlerstand. Die Kinder gehen bei durchgestreckten Knien auf Händen und Füßen einige Schritte vor und zurück »wie ein tapsiger Bär«. Nach einer kleinen Strecke »Bärengang« verringern die Kinder den Abstand zwischen Händen und Füßen, bis sich diese berühren, und richten sich langsam Wirbel für Wirbel wieder auf.

Wenn die Hände den Boden verlassen und die Wirbelsäule sich aufrichtet, die Knie leicht anwinkeln.

Schulterkreisen

Ausgangsposition: Stand, die Arme hängen locker zur Seite herab. Nun kreisen die Kinder mit ihren Schultern fünfmal vorwärts, dann fünfmal rückwärts. Als Nächstes nehmen sie die gestreckten Arme bis in Schulterhöhe und beschreiben erst kleine, dann immer größer werdende Kreise, bis diese schließlich »so wie große Windmühlenflügel sind«. Die Kreise wieder kleiner werden lassen. Die Kinder ruhen kurz aus, bevor sie das Ganze in die andere Richtung wiederholen.

Geben Sie Beispiele, was einen Berg umwerfen könnte: ein Sturm, ein wilder Fluss, der heranbraust, die Meereswellen, die anschlagen, ein Blitz, der einschlägt usw.

Berg

Ausgangsposition: Stand. Die Kinder strecken ihre Arme zur Decke, die Handflächen werden aneinander gelegt. Jetzt springen alle in den Grätschstand und spannen Arm- und Beinmuskulatur fest an. »Wir stehen so fest wie ein Berg, nichts kann uns umwerfen.« Die Position etwa fünf Sekunden lang halten.

Palme

Ausgangsposition: Stand. Aus dem Stand sollen die Kinder den rechten Arm mit Schwung über die Seite nach oben strecken, die Handfläche zeigt dabei nach vorn. Der linke Arm wird nach unten gestreckt, nun stellen sich die Kinder auf die Zehenspitzen.

Die Übung nicht zu schnell durchführen. Erst wenn der Körper im Gleichgewicht ist, mit der Hand wedeln, dabei aber nicht vergessen, die andere Hand nach unten zu strecken.

»Stellt euch vor, ihr seid ganz hohe Palmen, ihr könnt jetzt die rechte Hand etwas bewegen, so wie sich die Palmblätter im Wind wiegen.« Nach fünf Sekunden lassen Sie die Kinder die gleiche Übung mit dem linken Arm wiederholen, nach weiteren fünf Sekunden werden beide Arme gehoben und beide Hände in der Luft bewegt. Auch hier die Kinder wieder fünf Sekunden lang auf den Zehenspitzen verweilen lassen.

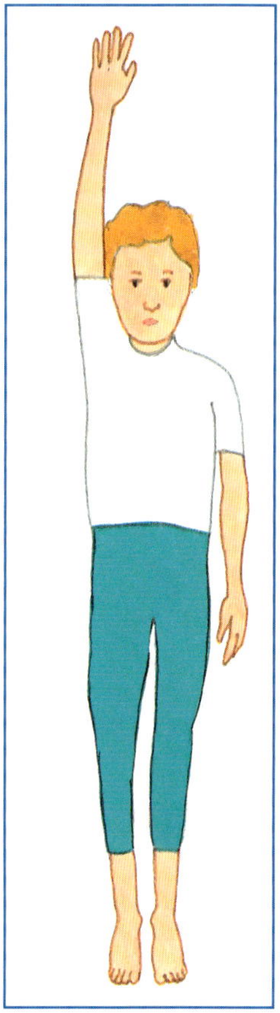

Palme

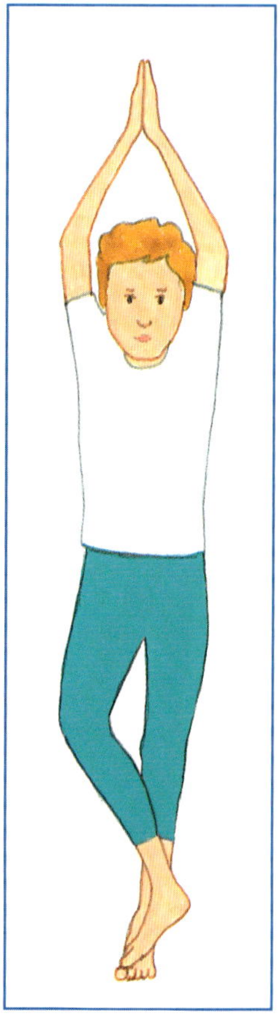

Baum 1

Baum 1

Ausgangsposition: Stand. Die Kinder stellen den rechten Fuß auf den linken Fuß und heben die Arme nach oben über den Kopf. Die Handflächen werden aneinander gelegt.

»Wir stehen so fest und sicher verwurzelt in der Erde wie ein dicker großer Baum.« Nach fünf Sekunden lassen Sie die Kinder das Standbein wechseln. Wenn die Kinder sicher, ohne die Balance zu verlieren, in dieser Übung stehen, gehen Sie zu einer schwierigeren Baumhaltung über.

Baum 2

Ausgangsposition: Stand. Die rechte Fußsohle wird nun an die Innenseite des linken Oberschenkels gelegt und fest dagegen gepresst. Die Kinder strecken beide Arme wieder nach oben, die Handflächen aneinander gelegt. Die Übung fünf Sekunden halten lassen und dann das Standbein wechseln.

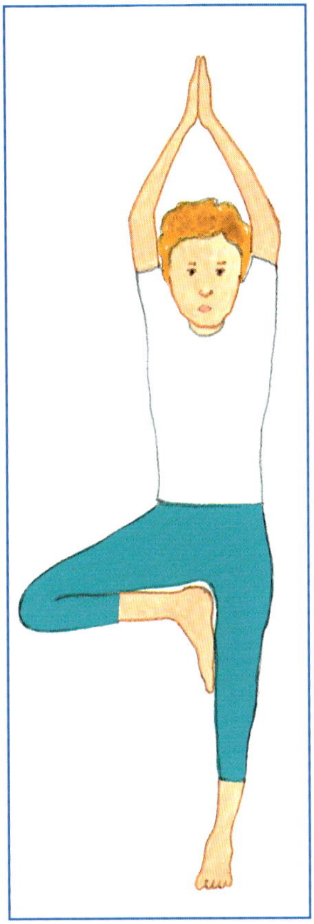
Baum 2

Mit der Ferse so weit wie möglich zum Schritt hochgehen, dabei zeigt das Knie zur Seite.
Tief und gleichmäßig weiteratmen.

Baum 3

Ausgangsposition: Stand. Die Kinder nehmen die gleiche Fußstellung wie zuvor ein, breiten aber nun die Arme weit aus und spreizen die Finger. »Der Baum blüht und breitet seine Äste und Zweige aus. Stellt euch vor, dass sich Vögel in seine Äste setzen oder Bienen und Schmetterlinge um die Blüten fliegen.« Die Übung fünf Sekunden halten lassen und dann das Standbein wechseln.

Dreieckstellung 1

Ausgangsposition: Grätschstand. Die Kinder breiten die Arme bis in Schulterhöhe zur Seite aus. Jetzt führen sie die rechte Hand bei durchgestreckten Knien bis zum rechten Knöchel und schauen zur linken Hand hinauf.
Nach ca. fünf Sekunden sollen sich die Kinder langsam wieder aufrichten und die Übung nun zur linken Seite wiederholen. Achten Sie darauf, dass der Rücken der Kinder »brettgerade« bleibt.

Dreieckstellung 2

Beherrschen die Kinder die zuvor beschriebene Übung, können Sie mit ihnen diese Variante versuchen. Ausgangsposition: Grätschstand. Nun sollen die Kinder allerdings die rechte Hand zum linken Knöchel führen, dabei wieder zum anderen Arm hochschauen. Auch diese Position fünf Sekunden halten und dann die Seite wechseln. Der Rücken sollte »brettgerade« sein.

Storch 1

Die Knie nicht durchdrücken, sondern locker und entspannt halten.

Ausgangsposition: Stand; die Arme hinter dem Rücken leicht verschränkt. Die Kinder setzen einen Fuß etwa eine Schrittlänge nach hinten und beugen nun den Oberkörper bei gestreckten Beinen nach vorn, der Kopf wird angehoben.

Achten Sie darauf, dass der Oberkörper nur so weit vorgebeugt wird, wie die Kinder den Rücken gerade halten können.

Tip: Die Dehnung soll vom Steißbein ausgehen, wobei das Kinn den Weg weist. Beide Körperseiten üben, die Endposition etwa fünf Sekunden lang halten lassen.

Storch 2

Wiederholen Sie mit den Kindern den Storch 1 mit dem Unterschied, dass diesmal der Oberkörper bei vorher bereits nach oben gestreckten Armen vorgebeugt wird. Die Kinder können sich eine Verlängerung vorstellen, sowohl über die Fingerspitzen nach vorn als auch über die Zehen des nach hinten gerichteten Fußes hinaus. Achten Sie bei dieser Variante besonders auf den geraden Rücken, da bei zu schwacher Rumpfmuskulatur die Kinder ins Hohlkreuz fallen werden. Bauch locker lassen.

Die Sonne

Ausgangsposition: Stand; die Arme hängen locker seitlich herab, die Handflächen zeigen nach außen.
Die Kinder führen jetzt die gestreckten Arme langsam in einem großen Kreis nach oben, bis sich die Handflächen berühren.
»Wir stellen uns vor, wie die Sonne langsam aufgeht und immer größer und größer wird, hell und leuchtend.«
Die höchste Position etwa fünf Sekunden lang halten lassen, dann drehen die Kinder die Handflächen nach außen und senken langsam wieder ihre Arme, »die Sonne geht langsam wieder unter«.
Diese Übung könnte intensiviert werden durch die Vorstellung: »Ihr seid selbst die Sonne, die strahlt und leuchtet und die Erde erwärmt.«

Die Sonne

Über die Arme werden die Grenzen erweitert, der Körper kann sich ausdehnen und neue Räume spüren.

Krokodil 1

Ausgangsposition: Rückenlage; die Beine sind angestellt, die Arme seitlich bis Schulterhöhe ausgebreitet.
Nun drehen die Kinder den Kopf nach rechts und legen ihre Beine nach links ab. Füße und Knie bleiben dabei zusammen. Nach fünf Sekunden üben die Kinder zur anderen Seite: Kopf nach links und Beine nach rechts. Wiederholen Sie die Übung je Seite zweimal.

Zur Mobilisierung der gesamten Wirbelsäule.

Krokodil 2

Ausgangsposition: siehe Krokodil 1. Jetzt setzen die Kinder den rechten Fuß auf das linke Knie. Dann drehen sie den Kopf zur rechten Seite, die Beine zur

Die Knie nicht fallen lassen und den Kopf nicht zu schnell drehen. Am besten ist es, die Bewegung beim Ausatmen auszuführen. In den Pausen alle Muskeln entspannen.

Krokodil 1

Krokodil 2

linken. In dieser Haltung wird etwa fünf Sekunden verblieben, danach üben Sie mit den Kindern die andere Körperseite. Wiederholen Sie die Übung je zweimal.

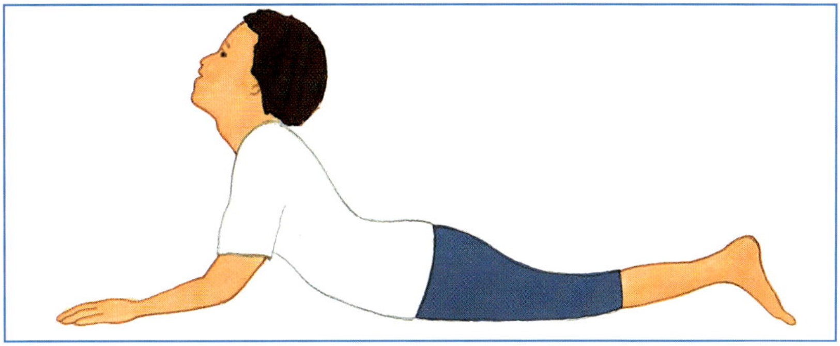

Kobra

Ausgangsposition: Bauchlage; Arme eng am Körper, die Hände in Schulterhöhe aufgesetzt. Die Kinder drücken die Handflächen nach unten (in den Boden), heben Kopf und Brustkorb so weit wie möglich vom Boden ab und schauen dabei nach oben. Diese Stellung drei Sekunden halten lassen und die Kinder darauf hinweisen, dass sie nicht vergessen zu atmen.
Diese und die nächsten zwei Übungen belasten, wenn nicht außerordentlich vorsichtig geübt, unnötigerweise die Lendenwirbelsäule.
Besonders die »Kobra« sollte nur unter Anleitung geübt werden. (Allerdings stehen hier die Meinungen der Yogis und der Krankengymnasten wie auch der Sportwissenschaft einander geradezu diametral entgegen.)

Damit die Lendenwirbelsäule nicht belastet wird, sollten die Kinder ihre Gesäßmuskeln kräftig anspannen. Auf diese Weise wird auch der Ansatz der Rückenmuskulatur angespannt und die Wirbelsäule gestützt, so dass sie nicht einknickt.

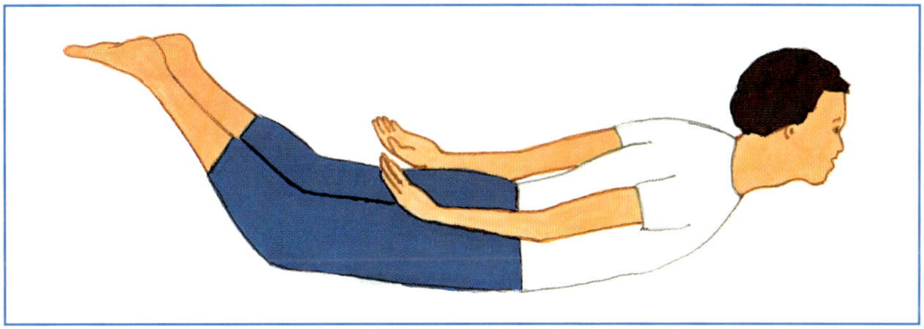

Schwalbe

Ausgangsposition: Bauchlage; Arme neben dem Körper, der Kopf ruht auf der Stirn. Langsam heben die Kinder gleichzeitig Arme, Beine und Kopf an (Hüfte und Brustkorb halten Bodenkontakt) und atmen dabei tief ein und aus. Die Endposition wird drei bis fünf Sekunden gehalten, dann ablegen und kurz entspannen lassen.

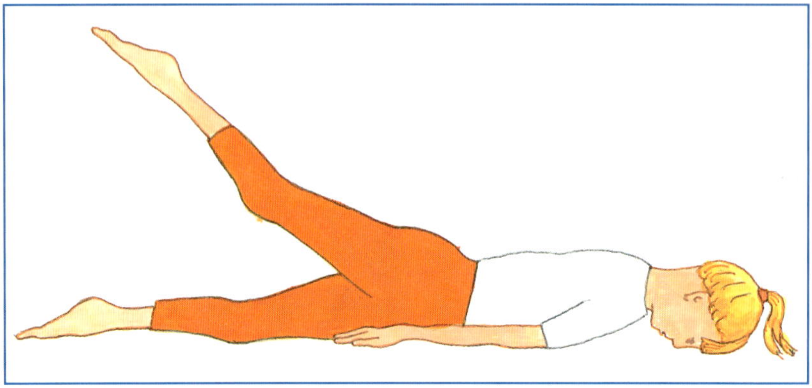

Heuschrecke 1

Auch hier muss auf die Lendenwirbelsäule geachtet werden. Hilfreich ist, sich die Wirbelsäule verlängert vorzustellen, und zwar über den Nacken und den Hinterkopf und über die Beine (Strumpfnaht) und die Füße hinaus.

Ausgangsposition: Bauchlage; Arme neben dem Körper, Stirn auf dem Boden. Die Kinder heben das rechte Bein an. Der Hüftknochen bleibt auf dem Boden.

Nun halten die Kinder diese Position etwa fünf Sekunden, senken dann das Bein wieder und wiederholen die Übung nun mit dem linken Bein.

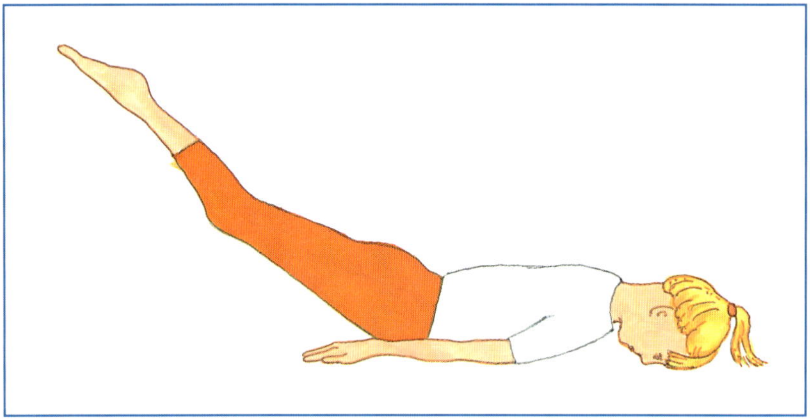

Heuschrecke 2

Ausgangsposition: Bauchlage; Arme unter dem Körper, Stirn auf dem Boden. Jetzt sollen die Kinder beide Beine gleichzeitig anheben. Die Hüfte hält Bodenkontakt. Wieder wird die Endposition drei bis fünf Sekunden gehalten. Weisen Sie die Kinder auf das normale Weiteratmen hin.

Schmetterling

Ausgangsposition: Hocksitz. Die Kinder legen aus dem Hocksitz ihre Fußsohlen aneinander und greifen mit beiden Händen um die Füße. Nun drücken sie die Knie auf den Boden und lassen sie wieder hochkommen – immer schneller –, bis die Knie flattern wie Schmetterlingsflügel. Achten Sie darauf, dass der Rücken gerade bleibt.

Schmetterling

Bauch entspannen, sonst tut es weh!

Pfeil

Ausgangsposition: Stand. Zunächst verlagern die Kinder ihr Gewicht auf das rechte Bein, heben dann das linke Knie an und fassen mit der linken Hand unter den linken Fuß. Der rechte Arm ist dabei nach vorn ausgestreckt.
Nun wird das angewinkelte Bein so weit wie möglich nach oben gezogen und gleichzeitig mit dem linken Arm nach vorn gestreckt. Die Kinder schauen auf die ausgestreckte Hand. »Wir schauen jetzt aus wie fliegende Pfeile.«

Pfeil

Nur nichts erzwingen! Es geht nicht darum, irgendetwas zu erreichen.

Halbmond

Ausgangsposition: Kniestand. Die Kinder setzen das linke Bein gestreckt zur Seite, recken beide Arme nach oben und legen die Handflächen aneinander.
Nun beugen sie den Rumpf bei geradem Rücken, so weit wie es geht, zur linken Seite. In der Endposition

sollten die Kinder etwa fünf Sekunden verharren und danach zur anderen Seite üben.

Halbmond

Spielerische Übungen für zwischendurch

Zwischen den Yogaübungen, bei denen die Kinder ganz auf sich bezogen und mit sich allein sind, tut es ihnen gut, wieder Kontakt zu den anderen aufzunehmen und ein bisschen herumzutoben. Das bringt auch den Kreislauf wieder in Schuss und baut eventuell in der Ruhe aufgestaute emotionale Spannungen wieder ab.

- Je zwei Kinder sitzen sich an den Händen gefasst im Grätschsitz gegenüber. Die Füße berühren sich. Ein Kind lehnt sich weit zurück und zieht dabei das andere nun mit seinem Körpergewicht mit, so weit es geht. Nun wird gewechselt. Diese Übung fünfmal wiederholen.
- Alle Kinder gehen kreuz und quer durch den Raum, zuerst auf Zehenspitzen, dann in der Hocke, dann wie der Bär auf Händen und Füßen, dann wie ein Storch auf einem Bein usw.
- Die Kinder liegen auf dem Rücken und strampeln mit den Beinen in der Luft. Als Nächstes fahren sie Rad, und zum Schluss beschreiben sie mit den Beinen große Kreise, erst auf der linken Seite, dann auf der rechten Seite.
- Ein Kind liegt auf dem Bauch. Das andere legt sich im rechten Winkel darüber und rollt sich über den Rücken.
- Die eine Hälfte der Kinder liegt mit gespreizten Beinen im Raum verteilt auf dem Boden. Die anderen gehen umher und steigen mit hoch angezogenen Beinen wie Störche über die Beine und den Körper der liegenden Kinder.
- Ein Kind liegt ausgestreckt auf dem weichen Teppichboden, und das andere rollt es wie einen Baumstamm durch den Raum.
- Die Kinder liegen auf dem Rücken, die Hände umfassen die angezogenen Beine, die Füße sind über Kreuz. Nun soll die »Kugel« ins Schaukeln kommen. Lassen Sie die Kinder auf dem Rücken vor und zurück schaukeln, etwa zehnmal.
- Die Kinder legen sich in Rückenlage im Kreis, so dass sich ihre Füße berühren. Nun breiten sie die Arme aus, fassen sich an den Händen und bilden so einen Stern, eine Schneeflocke oder eine Blume.

So atmen die Kinder richtig

Weisen Sie die Kinder immer wieder darauf hin, wie wichtig es ist, durch die Nase zu atmen. Man sollte diesen Atmungsvorgang vor allem den größeren Kindern erklären. Die Nase mit ihrer Schleimhaut und ihren feinen Flimmerhärchen befeuchtet, reinigt und erwärmt die Luft.
Viele Halsentzündungen bei Kindern entstehen durch die Mundatmung. Sie könnten den Kindern z.B. erklären, dass in der Nase kleine Filter sind, die wie Polizisten alles abfangen, was nicht gut für sie ist.

Entspannungsübungen

Beim Yoga unterscheidet man zwischen aktiven und passiven Entspannungsübungen. Üben Sie mit einer Gruppe von sehr unruhigen Kindern, empfiehlt es sich, mit einer aktiven Entspannung zu beginnen. Auch für die Kleineren sollten Sie aktive Entspannungsübungen auswählen.

Der Halbvokal »s« ist sehr wirkungsvoll. Er vibriert durch den ganzen Körper, wirkt schleimlösend und belebt die Kopfregionen. Nicht zu lange anwenden!

Aktive Entspannungsübungen

Die Kinder sitzen im Kreis im Fersensitz oder im sogenannten Schneidersitz und beginnen mit Zischlauten wie »sssss« oder auch Pfeiftönen.
»Wir wollen jetzt zischen wie eine Schlange, ganz laut und lange, mindestens fünfmal hintereinander, dann spitzen wir die Lippen und pfeifen ganz laut.«
Dann legen sich die Kinder auf den Rücken und schließen die Augen. Diese Übungen dienen dazu, »Dampf abzulassen«.
Die aktive Muskelentspannung kann entweder bei den Füßen oder beim Kopf begonnen werden. Es sollte aber immer eine Form beibehalten werden, da der Körper diese Informationen speichert und die Wiederholung das schnellere »Einsteigen« in die Entspannung erleichtert.
Eine solche Entspannungsübung könnte folgendermaßen aussehen.

Vorlesetext

▶ Stellt euch bequem hin. Presst nun eure Zehen ganz fest auf den Boden, spannt die Füße ganz fest an – dann lasst ihr sie wieder locker. Jetzt spannt eure Beine an, macht sie ganz fest ... und lasst nun die Spannung wieder los. Jetzt zieht euren Bauch ein, macht ihn so flach, wie es geht, spannt ihn fest

Zu Beginn der Yogastunde den Stress zuerst einmal kräftig abschütteln.

an. Jetzt könnt ihr ihn wieder loslassen und entspannen. Als Nächstes spannen wir einen Arm an, machen Faust ... ganz fest anspannen ... und wieder loslassen. Dann den anderen Arm anspannen, Faust machen und wieder loslassen. Nun spannen wir das Gesicht an, die Lippen und auch die Augen werden fest zusammengepresst ... und dann wieder entspannen. Jetzt spannen wir den ganzen Körper fest an, Arme und Beine und Bauch und Gesicht – und wieder loslassen. Jetzt streckt ihr euch wie die Katzen oder wie euer Hund. ◀

Die Spannung sollte jeweils drei bis fünf Sekunden gehalten werden.
Eine andere Möglichkeit ist, die Yogastunde mit kräftigem Durchschütteln zu beginnen. Hierfür schütteln die Kinder zuerst die Füße kräftig aus. Es folgen die Beine, dann nur die Hände, danach die Arme. Zuletzt wird der gesamte Körper wie ein Hampelmann geschüttelt. Dazu summen die Kinder wie die Bienen. Nach dem Durchschütteln legen sich die Kinder auf den Boden und summen noch Mal ein »Mmmm« (10 bis 20 Sekunden).

Passive Entspannungsübungen

Die Kinder legen sich auf den Boden und strecken und dehnen sich erst einmal gut durch, dann schließen sie die Augen. Sie lenken die Aufmerksamkeit jetzt auf die einzelnen Körperteile, etwa mit den Worten:

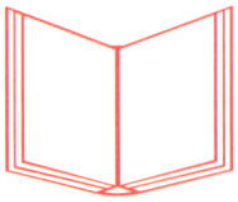

Vorlesetext

▶ Spürt jetzt eure Beine, wie sie auf dem Boden liegen, und stellt euch vor, sie würden ganz schwer werden, ganz schwer. Nun fühlt euch in eure Arme hinein, die auf dem Boden liegen, und stellt euch vor, sie würden ganz schwer werden, ganz schwer. Spürt jetzt euren Kopf, wie er auf dem Boden liegt, und

Um kräftig zu blasen, muss die Lunge richtig mit Luft voll gepumpt werden. Kaum zu glauben, aber die Luft strömt durch die Nase zum Teil mit 100 Stundenkilometer ein.

stellt euch vor, ihr seht eine weiche weiße Wolke. Sie sieht aus wie Watte. Sie kommt so nahe heran, dass ihr euch auf die Wolke legen könnt. Sie trägt euch, und ihr seid so leicht, dass ihr mit der weichen Wolke dahinschweben könnt. Dann kommt die Wolke wieder zur Erde zurück, lässt euch herunterklettern, und ihr liegt wieder hier auf dem Boden. Jetzt atmet ihr ein paar Mal tief ein und aus, streckt euch, gähnt und rollt von einer Seite zur anderen. ◀

Die oberen Atemwege – Nasenhöhlen, Mundhöhle und Rachenraum – führen über den Kehlkopf zu den unteren Atemwegen, der Luftröhre und den Bronchien und zur Lunge. Die Atemwege sind mit Schleimhaut und Flimmerhärchen ausgestattet, die zur Reinigung der Luft dienen.

Entspannung zwischen den Yogaübungen

- Entspannung in Schlafhaltung

Auf dem Bauch liegend, winkeln die Kinder ein Knie seitlich an, die Arme liegen neben dem Kopf.

- Entspannung in Rückenlage

Die Beine der Kinder sind leicht gespreizt, die Arme liegen locker seitlich am Körper, die Handflächen zeigen zur Decke. Der Kopf bleibt gerade, und die Augen sind geschlossen.

- Entspannung im Sitzen

Die Kinder sitzen im Hocksitz, die Beine sind angestellt. Nun legen sie den Kopf mit der Stirn auf die Knie, die Arme umfassen die Beine.

Atemübungen

Die Yogaatmung besteht aus drei Teilen: der Bauchatmung, der Brustkorbatmung und der Schlüsselbeinatmung. Die Lunge dehnt sich nämlich mit ihrer Basis, dem Zwerchfell, beim Atmen in den Bauchraum aus, erfüllt den ganzen Brustkorb und reicht mit den Spitzen ein wenig über die Schlüsselbeine hinaus. Diese Unterteilung in drei Bereiche dient lediglich dazu, uns bewusster werden zu lassen, wie viel Platz unserem Atem eigentlich zur Verfügung steht, also wie groß unsere Atemkapazität ist und wie wenig davon normalerweise genutzt wird.

Yogaatmung

Am besten lassen Sie die Yogaatmung im Liegen üben. Die Kinder legen die Hände auf den Bauch, damit sie spüren, wie sich der Bauch beim Einatmen hebt und beim Ausatmen senkt (dreimal wiederholen). Dann werden die Hände seitlich an die Rippen gelegt. Die Kinder sollen die Rippen beim Einatmen bewusst ausdehnen und spüren, wie sie beim Ausatmen wieder leicht zurückgehen (dreimal wiederholen). Im nächsten Schritt legen die Kinder ihre Hände auf die Schlüsselbeine. Beim Einatmen heben sich die Schlüsselbeine, beim Ausatmen senken sie sich wieder (dreimal wiederholen). Zum Abschluss werden die Arme neben den Körper gelegt. Nun sollen die Kinder beim Einatmen Bauch, Brustkorb und Schlüsselbein bewusst ausdehnen und beim Ausatmen wieder loslassen (dreimal wiederholen).

Schnupperatmung

Beim kräftigen Pusten wird die Lunge gründlich geleert. Die ganze mit Abfallprodukten wie Kohlendioxid belastete Luft wird ausgeatmet, und es bleibt nur ein kleiner Rest zurück. Damit ist Platz für viel frische Luft.

Geben Sie jedem Kind ein wenig Duftöl auf die Hand, oder lassen Sie es an etwas Duftendem schnuppern. Die Kinder sollen nun schnuppernd ein- und ausatmen, dabei eine Hand auf den Bauch legen und fühlen, wie sich sogar der Bauch beim Schnuppern bewegt.

Suppe blasen

Bei dieser Übung wird eine Hand nahe vor den Mund gehalten. Die Kinder sollen sich vorstellen, dass sie auf der Hand einen kleinen Teller mit Suppe haben, die aber noch zu heiß ist. Daher müssen sie jetzt blasen, bis man die Suppe essen kann. Sie dürfen natürlich nicht so fest blasen, dass die Suppe überschwappt.

Kerze ausblasen

Für diese Übung stellen sich die Kinder vor, sie würden eine Kerze ausblasen. Jetzt dürfen sie fest und kräftig pusten. Sie blasen z. B. so viele Kerzen aus, wie sie Jahre alt sind.

Eine anschaulich und liebevoll erzählte Geschichte in einer Umgebung, in der sich Kinder wohl fühlen, ist die beste Voraussetzung für entspannte Konzentration. Die Geschichte kommt an und die Gefühle sind beteiligt.

Flügge werdender Vogel

Alle Kinder stellen sich jetzt einen Vogel vor, der das Fliegen lernen muss. Sie stehen ganz gerade, die Füße ein wenig auseinander, die Arme locker am Körper. Mit dem ersten Einatmen werden die Arme seitlich etwas vom Körper angehoben, beim Ausatmen wieder gesenkt. Mit dem nächsten Einatmen werden die Arme etwas weiter nach oben angehoben, dann wieder abgesenkt usw. Bei jedem weiteren Einatmen sollen die Kinder die Arme ein wenig höher heben. Die Übung wird ein paar Mal wiederholt, »bis unser Vogel langsam lernt zu fliegen«.

Konzentrations- und Meditationsübungen

Erzählen Sie den Kindern in jeder Yogastunde eine kleine Geschichte mit heiteren aufbauenden Szenen, die, wenn möglich, in Zusammenhang mit den durchgeführten Yogaübungen stehen sollte. So können Sie beispielsweise die Geschichte eines Vogels erzählen, der aus dem Nest gefallen ist, aber noch nicht fliegen kann. Irgendein anderes Tier kommt vorbei und erzählt dem verzweifelten kleinen Vogel, dass er lernen muss zu fliegen. Es erklärt ihm, dass er zunächst einmal tief atmen muss, dann muss er seine Flügel ausbreiten usw. Geschichten fesseln die Aufmerksamkeit, und das erhöht die Konzentration. Sie können auch Geschichten und Parabeln aus Yogabüchern verwenden, die Sie für Kinder abwandeln (siehe Literaturangaben). Die nachfolgenden Übungen leiten bereits in die Meditation über. Der beste Zeitpunkt für eine Meditation ist im Anschluss an die Atemübungen.

Das methodische Hinführen des Geistes auf einen Punkt bewirkt bei einiger Übung schon bald einen Zustand tiefer körperlicher Entspannung. Dabei können alter Stress und tief sitzende Ängste abgebaut werden.

Die Kerze

Die Kinder setzen sich bequem in eine der oben beschriebenen Sitzpositionen, der Rücken ist aufgerichtet und gerade. Während der Übung wird durch die Nase ein- und ausgeatmet.
Jetzt betrachten alle Kinder die Kerze ein paar Sekunden lang, die in der Raummitte steht, dann schließen sie die Augen und stellen sich die Kerze vor. Die Kinder sollten ermuntert werden, sich die Flamme so genau wie möglich vorzustellen. »Bewegt sich die Flamme, oder ist sie still? Ist sie groß oder klein?« Nach etwa zehn, bei größeren Kindern nach 20 bis 30 Sekunden öff-

nen alle wieder die Augen. Die gleiche Übung kann man mit einer Blume, einem Baum, einem Bild machen. Wenn die Kinder bereits über etwas mehr Erfahrung verfügen, können Sie die Übung erweitern.

Vorlesetext

▶ Stellt euch vor, wir gehen gemeinsam hinaus. Wir gehen einen Weg entlang und kommen zu einer Wiese. Dort siehst du ganz viele bunte Blumen und Bäume. Schau dich einmal um, welche Blume dir am besten gefällt. Dann setzt du dich neben deine Blume. Vielleicht erzählst du ihr, wie du heißt, oder sagst ihr, dass du sie schön findest. Lass dir ein bisschen Zeit mit ihr. ◀

Die Wolke

Besteht die Möglichkeit, dass Sie die Yogaübungen im Freien durchführen können, bietet es sich z.B. an, eine Wolke eine Zeit lang am Himmel zu betrachten. Die Kinder können sich ganz in ihre Form und Farbe vertiefen und dann für einen Moment die Augen schließen und sich die Wolke vorstellen.

Wir meditieren die vier Elemente

Alle Kinder haben Spaß am Malen. Sie tun es noch unzensiert und aus sich heraus und zeigen dabei viel von ihrem Innenleben. Allein durch das Malen werden schon positive Kräfte geweckt.

- Das Element Feuer symbolisiert die Sonne. Sie können zuerst eine kleine Geschichte erzählen, in der die Sonne eine wichtige Rolle spielt, dann können die Kinder etwas erzählen, was ihnen zum Thema »Sonne« einfällt. Alle bekommen ein Blatt Papier und Farben und malen jetzt die Sonne oder eine Sonnenblume oder eine Wiese, auf die die Sonne scheint. Nun werden alle Bilder in die Mitte gelegt und von der ganzen Gruppe betrachtet. Die Kinder setzen sich im Kreis um ihre Bilder und schließen die Augen. Sie können sich ihr eigenes Bild oder das Bild eines anderen Kindes, das ihnen besonders gut gefallen hat, vorstellen.
- In einer der nächsten Stunden folgt das Element Wasser. Leiten Sie diese Meditationsübung mit einer Geschichte zum Thema »Wasser« ein. Die Kinder können dann zusammentragen, wie viele Formen des Wassers sie kennen: Flüsse, Seen, das Meer, Regentropfen, Tautropfen usw. Auch zu diesem Thema fertigt jedes Kind wieder eine Zeichnung an. Dann setzen sich alle im Kreis um die Bilder, schließen die Augen und stellen sich Wasser vor. Sie können einige Bilder vorgeben, z.B. den Regentropfen am Fenster.
- Danach könnte in einer der nächsten Stunden das Element Erde meditiert werden. Einleitend wird wieder eine kleine Geschichte erzählt. Die Kinder erzählen ihre Erfahrungen mit der Erde und malen ein Bild. Die Meditation könnten Sie beginnen, indem Sie die Kinder gedanklich in eine schöne Landschaft führen mit einem Feld, einem Acker, einem Berg etc.

- Als Letztes folgt das Element Luft. Eine Geschichte vom Wind könnte den Anfang machen, es folgen der Austausch in der Gruppe und das Malen eines »Luftbildes«. In der Meditation stellen sich die Kinder wieder entweder ihr eigenes Bild vor, oder Sie geben eine paar Hinweise, die die kindliche Phantasie anregen z. B. wie der Wind ein Schiffchen auf einem See bewegt o. Ä.

Abgesehen davon, dass Singen und Tönenachahmen die Atmung vertiefen und Spannungen abbauen, ist es wichtig, sich bewusst zu machen, von welchen Störfaktoren wir permanent umgeben sind.

Das Samenkorn

In einer Gruppe mit älteren Kindern können Sie im Anschluss an diese einzelnen Meditationen über die Elemente z.B. das Wachsen und Entstehen einer Pflanze meditieren. Sie geben dazu jedem Kind zuerst ein Samenkorn in die Hand und erzählen, dass in diesem Korn eine ganze Pflanze schläft. Das Korn liegt tief in der Erde. Jetzt schließen die Kinder die Augen, und Sie erzählen den Werdegang der Pflanze.

Vorlesetext

▶ Es ist ganz dunkel und warm in der Erde. Das Samenkorn schläft. Auf einmal wacht es auf, und es spürt, dass sich in seinem Bauch etwas bewegt. Es möchte auseinander platzen, ein kleine Spitze schiebt sich nach außen in die dunkle Erde hinein. Langsam bilden sich kleine dünne Wurzelchen, die sich fest in die Erde bohren. Das Samenkorn reckt und streckt sich. Die Spitze, die aus dem Korn herausschaut, schiebt sich nach oben, durch die Erde durch. Draußen ist es kalt und windig, es regnet. Aber schon nach kurzer Zeit scheint die Sonne, und langsam entfaltet sich das erste Blatt. Weiter und weiter

Das Geheimnis des Lebens: Aus einem Samenkorn entsteht eine Pflanze. Mit viel Licht, Erde und Feuchtigkeit wird sie wachsen und immer größer werden und sich vermehren. Dafür braucht sie aber auch Menschen, die sich um sie kümmern und sie hegen und pflegen.

schiebt sich das junge Pflänzlein nach oben. Die Sonne scheint, es regnet, es wird Tag und Nacht, immer mehr Blätter entfalten sich, und schließlich kommen am Stängel eine Knospe und eine Blüte zum Vorschein. Die Blüte entfaltet sich. Schau mal, was für eine Farbe sie hat. Sie schaut ganz vergnügt in die Welt, wiegt sich ein wenig im Wind, und die erste Biene kommt bereits angeflogen und summt um die Blüte herum. ◀

Singen und tönen

Jeder Mensch hat seine eigene musikalische Biografie, die im Mutterleib mit dem Herzschlag anfängt und durch alles, was ihm an Geräuschen und Tönen begegnet, fortgeschrieben wird. Auch wenn wir glauben, unmusikalisch zu sein, haben wir Erfahrungen gemacht mit Rhythmus, Melodie und Tonfolge, ob wir es wollten oder nicht.

Selbst für Kinder ist es kaum noch möglich, wirkliche Stille zu erfahren. Überall sind Geräusche, von elektrischen Geräten, von Autos oder Baumaschinen, von Computern, Fernsehern, Stereoanlagen. So sind die Stilleübungen für Kinder besonders wichtig.

- Zunächst einmal sollten die Kinder üben, auf die Geräusche zu achten, die um sie herum sind, seien es künstliche oder natürliche Geräusche.
- Später üben sie, sich auf Geräusche zu konzentrieren, wie beispielsweise den Ton einer Klangschale oder eines Instruments. Sie unterscheiden zwischen einem lauten und einem leisen Ton des gleichen Instruments. Als Nächstes ahmen sie die Töne nach.
- Dann stellen Sie bestimmte Tiere zum Nachahmen vor: das Summen einer Biene, das Schnurren einer Katze, das Pfeifen eines Vogels usw.
- Ein gemeinsames Lied kann die Tonübungen aus dem Yoga einleiten. Hierzu stellt sich die Gruppe im Kreis auf und legt sich gegenseitig die Arme auf die Schultern. Alle gehen gemeinsam in die Knie und tönen ein tiefes »Uuuu«. Nun bewegen sich alle etwas nach oben und tönen ein »Oooo« – ein Stückchen weiter nach oben, und die Kinder lassen ein »Aaaa« ertönen. Jetzt stehen wieder alle gerade, lassen aber die Arme auf den Schultern liegen und tönen ein »Eeee«, dann stellen sich alle auf die Zehenspitzen und tönen ein »Iiii«. Diese kleine Übung kann mehrmals wiederholt werden.
- In der folgenden Übung setzen oder stellen sich die Kinder wieder auf ihren Platz, legen die Hände auf den Bauch und summen mehrmals hintereinander ein »Mmmhh«, dann ein »Uuummhh«, dann ein »Aaammhh«, dann ein »Eeemmhh«, ein »Iiimmhh« und zuletzt ein »Ooommhh«.
- Dann stellen sich die Kinder Rücken an Rücken und wiederholen die gesamte Tonübung. Sie fühlen jetzt, wie der Rücken durch die Töne vibriert.
- Zum Abschluss summen noch einmal alle wie eine Biene, brummen wie ein Brummbär und zischen wie eine Schlange. Der Ton »Ssss« ist besonders geeignet, um Spannungen und auch Aggressionen abzubauen.

Die Yogastunde

Der Übungsablauf

Wenn Sie sich aus den oben beschriebenen Elementen eine Yogastunde gestalten wollen, gehen Sie folgendermaßen vor.

- Den Anfang macht immer eine Entspannungsübung: entweder eine mehr passive oder aktive, je nach Zusammensetzung der Gruppe. Bei kleineren Kindern sind aktive Entspannungsübungen vorzuziehen. Je älter die Kinder werden, umso leichter sind sie fähig, sich zu konzentrieren. Dann sind sie so weit, dass Sie passive Entspannungsübungen mit ihnen üben können.
Haben Sie ein oder zwei hyperaktive Kinder in der Gruppe, sollten Sie auf jeden Fall eine mehr aktive Entspannungsübung wählen bzw. zwischen den Übungen immer wieder Gelegenheit zur Bewegung geben wie Rückenrollen oder Hüpfen im Kreis.
- Es folgen einige Körperübungen. Schließen Sie an jede Körperübung eine Entspannungsübung an. Sie sollten diesen Übungsablauf so abwechslungsreich wie möglich gestalten. D. h., nach einer Übung im Stehen kommt eine im Liegen oder eine aus der Gruppe »Spielerische Übung für zwischendurch« (siehe Seite 64). Tonübungen lassen sich dazwischen beliebig einbauen.
- Die folgenden Atemübungen könnten mit einem Lied eingeleitet werden. Besonderes Gewicht sollte auf die spezielle Yogaatmung gelegt werden, damit sich die Kinder frühzeitig eine richtige Tiefenatmung angewöhnen.
- Wie lange und wie intensiv die nachfolgenden Konzentrationsübungen durchgeführt werden können, richtet sich nach dem Alter der Kinder und danach, wie viele unruhige Kinder sich in der Gruppe befinden.
- Jede Yogastunde sollte mit einer kurzen Schlussentspannung abschließen.

Nicht zu lange üben! Mit Vorschulkindern sollten die einzelnen Übungen etwa fünf Minuten dauern. Achten Sie auch darauf, dass die Kinder ihre Gelenke nicht überstrapazieren, indem sie sich z. B. falsch abstützen.

Themenstunden

Sie können Yogastunden natürlich auch nach Themen gestalten. Hier einige Beispiele, die Sie beliebig weiter ausbauen können. Wir besuchen eine Wiese und schauen, was es dort alles gibt.

Vorlesetext

▶ Wir begegnen einem Baum, und weil er uns so gut gefällt, ahmen wir den Baum nach. Dann sehen wir Blumen und wie sie sich zur Sonne öffnen. Ob wir das auch können? Um die Blume schwirrt eine Biene herum. Könnt ihr auch summen wie eine Biene? Wir schauen uns um und sehen einen kleinen Vogel, der aus seinem Nestchen gefallen ist. Könnt ihr ihm zeigen, wie man fliegen lernt? ◀

Ein anderer Vorschlag wäre ein Besuch bei den Tieren im Zoo.

Vorlesetext

▶ Alle Tiere schlafen, sie liegen auf dem Rücken oder auf dem Bauch oder sitzen und haben den Kopf auf den Knien liegen. Es ist Nacht, und alles ist ganz ruhig. Auf einmal fangen alle Tiere an, zu gähnen, sich zu strecken, zu räkeln, und schauen sich nach anderen Tieren um. Zuerst besuchen wir die Enten. ◀

Alle Kinder gehen oder watscheln in der Hocke durch den Raum und sagen sich »Guten Morgen«.

Vorlesetext

▶ Jetzt sehen wir einen Storch – könnt ihr auch so auf einem Bein stehen, wie ein Storch? Aber nun ist es vorbei mit der Ruhe, wir kommen zu den Affen, sie springen und hüpfen durcheinander, so wie ihr.
Jetzt ist es Zeit, dass die Tiere ihr Mittagsschläfchen machen – und wir auch. Wir legen uns auf den Boden, schließen die Augen und ruhen so wie all die vielen Tiere. ◀

Sie schlagen eine Klangschale an.

Vorlesetext

▶ Es ist wieder Zeit zum Aufstehen. Und wir schauen einmal, ob wir die Bären entdecken können. Der Bär ist ein bisschen träge, er bleibt auf der gleichen Stelle eine ganz lange Zeit stehen – und wir tun das auch.
Da setzt sich ein Schmetterling auf seine Nase und flattert mit seinen Flügeln. Könnt ihr das auch? Natürlich setzen wir uns nicht auf die Nase des Bären, sondern auf den Boden und flattern wie ein Schmetterling.
Die kleine Wildkatze mit den Streifen im Fell streckt sich, macht einen Buckel und lässt den Rücken dann genüsslich durchhängen.

Wie die Enten watscheln und wie die Affen springen.

Von weitem hört man das Gebrüll des Löwen. Seid einmal ganz still und lauscht. Ganz vorsichtig gehen wir näher heran.
Zuletzt machen wir noch einen Besuch beim Krokodil, ganz faul sonnt es sich seinen Rücken. Wir wollen jetzt die Krokodilübung miteinander machen, damit euer Rücken so stark wird wie der des Krokodils.
Jetzt ist es Abend geworden. Die Tiere haben sich zurückgezogen. Wir setzen uns alle im Kreis auf den Boden. ◀

Hier könnte die Yogaatmung anschließen.

Vorlesetext

▶ Dann schließt alle die Augen und erinnert euch noch einmal, welches Tier euch am besten gefallen hat. ◀

Jetzt könnten die Kinder auch noch ihr Lieblingstier malen und sich anschließend vorstellen, dass sie mit ihrem Tier ein bisschen reden.
Den Abschluss bildet eine kurze Schlussentspannung. Darauf sollte nach Möglichkeit nicht verzichtet werden.

Autogenes Training

Ein bedeutendes und bewährtes Entspannungsverfahren ist das autogene Training des Berliner Psychiaters und Neurologen Johannes Heinrich Schultz. Er stellte das Verfahren erstmals 1932 in seinem Buch »Das autogene Training« dar. Dabei stehen folgende Punkte im Vordergrund: Erholung, Selbstruhigstellung, Selbstregulierung sonst unwillkürlicher Körperfunktionen, Leistungssteigerung, Schmerzlösung, Selbstbestimmung durch Versenkung, Selbstkritik und Selbstkontrolle durch Innenschau.

Das Buch ist in fast alle wichtigen Sprachen der Welt übersetzt worden. Autogenes Training fand weite Verbreitung und wurde bislang vor allem bei Erwachsenen angewendet.

Mit autogenem Training erfahren Kinder von klein auf, dass es sich lohnt, selbst etwas zu tun, um zufrieden und glücklich zu bleiben. Für die Familie ist es ein Weg zur Harmonie.

Besser einschlafen

Das autogene Training eignet sich sehr gut als Einschlafhilfe. Durch die Übungen der Schwere und der Wärme wird die Muskulatur in den Armen und Beinen entspannt und das Gefäßsystem besser durchblutet. D.h., die Arterien, die sauerstoffreichen Schlagadern, die mit unserem Nervensystem verbunden sind, können durch willentliche Beeinflussung erweitert oder verengt werden. Durch das Erweitern kommen das Wärme- und Schweregefühl zustande.

Der Begriff »autogen« setzt sich zusammen aus »auto« und »gen«, was so viel bedeutet wie »selbst« und »entstehen«. Autogenes Training ist also ein Entspannungsverfahren, mit dem jeder bei sich selbst die positiven Effekte herbeiführen kann, die den Körper entspannen lassen. Man spricht deshalb auch von einer autosuggestiven Methode. Mit Hilfe von Vorsatzformeln, die mehrmals im Geist wiederholt werden, werden Unterstufenübungen trainiert, die Ruhe, Schwere, Wärme usw. bewirken. Lange war die Ansicht weit verbreitet, dass für Kinder unter acht bis zehn Jahren diese selbstinstruktive Methode nicht geeignet sei. Doch schon Vorschulkinder besitzen die Fähigkeit der Selbstbeeinflussung. Kindgerecht vermittelt lässt sich das autogene Training mit gutem Erfolg anwenden.

Wirkungsweisen

Die Lebensqualität wird gesteigert, Kinder haben mehr Mut, sind selbständiger oder haben ein besseres Gedächtnis. Hinzu kommt, dass sich das Verfahren heilend auf körperliche Störungen wie z. B. Migräne oder Asthma auswirkt.

Die drei Grundstufenübungen des autogenen Trainings, Ruhe, Schwere und Wärme, eignen sich gut zum Entspannungstraining für Vorschulkinder. Dabei sollten sie von einer Erzieherin oder einem Erzieher angeleitet werden, indem eine Geschichte erzählt wird, in der die Entspannungsformeln in Handlungen »verpackt« sind. Körperliche Auswirkungen sind:

- Eine Verringerung der Muskelspannung
- Eine verminderte Hautleitfähigkeit
- Eine angeregte Verdauung
- Eine verlangsamte Pulsfrequenz
- Ein verringerter Blutdruck
- Eine bessere Durchblutung

Diese merklichen und manchmal überraschenden Auswirkungen vermitteln ein Gefühl von mehr Selbstkontrolle und Selbstvertrauen, und dadurch stellt sich ein besserer Umgang mit Stresssituationen ein. Das Wissen und die Erfahrung, sich »im Griff« zu haben, ruhig Blut bewahren zu können, geben schon Kindern positive Signale zur Selbstakzeptanz und fördern die Selbstständigkeitsentwicklung.

Teile der Grundstufenübungen des autogenen Trainings finden sich auch in den meisten Muskelentspannungsübungen und in den Phantasiegeschichten.

Im Freien an der frischen Luft zu üben ist natürlich ganz besonders gesund. Da riecht die Wiese, da wärmt die Sonne, und die Vöglein zwitschern. Das macht allen Spaß.

Die innere Balance finden

Wenn Kinder überfordert sind, werden sie nervös, unkonzentriert oder sogar aggressiv. Manchmal treten körperliche Beschwerden wie Bauchweh, Kopfweh oder Allergien auf. Mit den Entspannungsübungen des autogenen Trainings lässt sich die innere Balance der Kinder wiederherstellen, damit sie sich in kurzer Zeit wieder regenerieren können.

Spielerisches Lernen des autogenen Trainings

Die Fähigkeit, angenehme körperliche Empfindungen wahrzunehmen, ist den meisten von uns verloren gegangen. Wir achten nur noch auf unsere mechanischen Körperbewegungen, prüfen uns wie ein Roboter auf Funktion oder Störung und versuchen letztere sofort zu beheben. Davon sind in wachsendem Maß auch die Kinder betroffen. Bei den folgenden Entspannungsübungen zum autogenen Training sollen die Kinder nicht mit Formeln malträtiert werden, sondern spielerisch lernen, sich zu entspannen, etwa unter Zuhilfenahme ihrer Kuscheltiere. Mit Bildern, die in ihrer Phantasie entstehen und auf dem Zeichenblock dokumentiert werden, sowie mit vorgelesenen oder selbst erfundenen Geschichten zum autogenen Training können Sie dieses Entspannungsverfahren den Kindern gut vermitteln. Ab einem Alter von etwa vier bis fünf Jahren kann man mit der Entspannung durch autogenes Training bei Kindern beginnen. Wenn in der Gruppe geübt wird, können auch jüngere Kinder teilnehmen, vor allen Dingen bei den autogenen Trainingsgeschichten.

Grundsätzlich kann jedes Kind das autogene Training lernen. Allerdings muss täglich geübt werden, damit sich Erfolge einstellen. Die Gruppensituation ist dabei sehr förderlich.

Ruhe muss sein

Ruhe und Motivation zu Beginn jeder Übungseinheit sind wichtige Voraussetzungen für das Gelingen der Übungen.
Das wird nicht sofort zu erreichen sein, doch je öfter trainiert wird, desto weniger werden solche Geräusche wie Autolärm, Haustür- oder Telefonklingel, Glockengeläute oder Kindergeschrei als störend empfunden. Die Stimme des Übungsleiters oder der Übungsleiterin sollte ruhig und etwas tiefer sein.

Tips zur Durchführung

Wenn sich beim Entspannen der Muskeltonus verringert, kühlt der Körper leicht aus. Daher eher zu warme Kleidung mitbringen und den Raum gut erwärmen. Eventuell am Schluss noch eine Körperübung einbauen, bei der den Kindern so richtig warm und der Kreislauf angeregt wird.

- Schaffen Sie eine störungsfreie Atmosphäre, und sorgen Sie dafür, dass sich die Kinder bequem setzen oder legen können. An Matten oder Decken und Kissen sollte es nicht fehlen.
- Die Kinder sollen ihre Kuscheltiere dabeihaben und in Position bringen, z.B. auf den Rücken legen, und mit ihnen die Entspannung üben.
- Tragen Sie die Geschichten und Übungsanleitungen mit ruhiger, monotoner Stimme vor.
- Lassen Sie die Kinder am Schluss der Übung die Geschichte malen, die sie gehört haben. Die Kinder sollten außerdem anschließend angeregt werden, über ihre Erlebnisse und Empfindungen, die sie während der Übung hatten, zu sprechen.
- Erweitern oder verkürzen Sie die Geschichten, wenn Sie wollen, wobei Schwere und Wärme immer als Entspannung zum Regenerieren dienen und Frische und Kühle zur Aktivierung, so dass die Kinder wieder munter dem Alltag folgen können.

Übungszeiten

Bewährt hat es sich, dreimal täglich in der Gruppe zu trainieren. Die Trainingseinheiten sollte man über den Tag hinweg verteilen. Am besten morgens nach dem Frühstück, eine halbe Stunde nach dem Mittagessen sowie noch einmal nachmittags nach einer Spielzeit.

Für jede Trainingseinheit sind maximal 15 Minuten erforderlich. Ruhe am Anfang ist eine ganz wichtige Voraussetzung für das Gelingen der Übungen. Machen Sie bei Bedarf mit den Kindern zuerst ein paar Tobespiele draußen oder ein paar Bewegungsspiele.

Die richtige Position

Das entspannte Sitzen wie das Liegen auf einer möglichst ebenen, glatten Unterlage eignen sich gleichermaßen als Positionen beim autogenen Training. Das Sitzen ist dann wichtig, wenn das autogene Training auch außerhalb des Kindergartens geübt werden soll, andererseits lässt sich im Liegen für gewöhnlich eine tiefere Entspannung erreichen.

Wechseln Sie von Übung zu Übung oder von Sitzung zu Sitzung die Position, so werden die Kinder mit beiden Haltungen vertraut und können das autogene Training unabhängiger anwenden.

Übungen und Phantasiegeschichten

Saure Zitrone

Diese Übung dient dem Training der Vorstellungskraft. Dabei sollen die Kinder sich eine schöne gelbe Zitrone vorstellen. Sie nehmen die Zitrone in beide Hände und beißen kräftig hinein.
Lassen Sie sich von den Kindern zeigen, wie sie hineinbeißen würden, und fragen Sie sie, ob sie gern hineinbeißen, ob sie spüren, wie sauer die Zitrone ist und wo sie das überall spüren.

Tatsächlich sind die Auswirkungen nicht eingebildet: Speichel wird produziert, und bei Schwereübungen entspannt sich nachweislich die Skelettmuskulatur, so dass ein Arm oder ein Bein ganz schwer hochzuheben ist.

Feder und Buch

Die Kinder setzen sich auf einen Stuhl, lehnen sich bequem an und schließen die Augen. Die Arme sind waagrecht nach vorn ausgestreckt, die Ellbogen leicht angewinkelt. Die Handflächen zeigen in gleicher Höhe nach oben.
Sprechen Sie den Kindern die nachfolgenden Formeln vor. Lassen Sie ihnen jeweils ein paar Sekunden Zeit, sich vorzustellen, wie auf der einen Hand schwere Bücher und auf der anderen leichte Federn liegen. Sie können beobachten, wie nach einiger Zeit der bildlichen Vorstellung der rechte Arm der Kinder schwerer wird als der linke und das Bestreben hat, sich nach unten zu neigen.

Vorlesetext

▶ Haltet eure Arme locker und entspannt und versucht, sie in gleicher Höhe nebeneinander zu halten, ohne dass sie sich berühren. Stellt euch vor, auf der linken Handfläche liegt eine winzige Feder, federleicht, und auf der rechten Handfläche liegt ein Buch, ein schweres Buch.
Jetzt kommt auf der linken Hand zu der einen Feder eine zweite dazu, und dort liegen jetzt zwei Federn, federleicht, und auf der rechten Hand kommt ein Buch dazu, dort liegen jetzt zwei Bücher, groß und schwer. Jetzt liegen auf der linken Hand drei Federn, federleicht, und auf der rechten Hand liegen drei Bücher, groß und schwer.
Doch damit noch nicht genug. Noch eine Feder kommt dazu, und auf eurer linken Handfläche liegen vier Federn, federleicht, und auf eure rechte Handfläche kommt das vierte Buch, dort liegen jetzt vier Bücher, groß und schwer. Stellt euch vor: Jetzt liegen fünf Federn auf eurer linken Hand, fünf Federn, federleicht. Auf eurer rechten Hand dagegen liegen fünf Bücher, fünf Bücher, groß und schwer.
So, und zum Schluss lasst ihr die Federn und die Bücher fallen und schüttelt beide Arme kräftig aus. ◀

Katze im Körbchen

Die Kinder liegen auf ihren Matten und schließen die Augen. Diese kurze Übung beinhaltet die Anweisungen, die Ruhe, Schwere und Wärme entstehen lassen. Dadurch stellt sich innerhalb kurzer Zeit ein Entspannungs- und Regenerationseffekt ein.

Wird die Übung am Abend oder nachmittags als Einschlafhilfe gebraucht, dann lässt man den abschließenden Aktivierungsteil, der die Kinder erfrischt und fit macht, weg.

Vorlesetext

▶ Denk jetzt einmal an eine Katze, die in ihrem kuscheligen Körbchen liegt. Sie liegt auf dem Rücken und lässt sich die Sonne wohlig warm auf ihr Fell scheinen. Die Katze ist die ganze Nacht herumgelaufen. Sie ist müde und muss sich jetzt ausruhen. Spürst du, wie müde die Katze ist? Sie ist ganz müde. Sie hat die Augen zu, denn auch die Augenlider sind ganz schwer. Die Katze hat die Beine ausgestreckt, und so liegt sie ganz bequem und kann sich gut entspannen.

Auch bei Wärmeübungen kommt es zu realen Veränderungen im Körper. Die Muskulatur der Blutgefäße entspannt, die Gefäße erweitern sich, und es fließt mehr warmes Blut. Entsprechend kommt es zur Erwärmung. Gleichzeitig sinkt der Blutdruck.

Deine Augen sind jetzt auch ganz müde und schwer … die Augen sind müde und schwer … deine Augen sind ganz müde und schwer … du kannst sie kaum mehr offen halten.

Und deine Arme und Beine, die sind auch ganz müde und schwer … deine Arme und Beine sind ganz müde und schwer … deine Arme und Beine sind ganz müde und schwer … deine Arme und Beine sind ganz müde und schwer … deine Arme und Beine sind ganz müde und schwer … deine Arme und Beine sind ganz müde und schwer …!

Fühl mal, wie müde und schwer deine Arme sind; und jetzt spürst du auch die Sonne auf den Armen und den Beinen und dem Bauch, und dir ist ganz wohlig warm und dem Bauch, den Armen und den Beinen auch …

Und damit wir jetzt wieder munter werden, stellen wir uns vor, dass eine Wolke mit einem schönen, angenehmen Wind vorbeikommt. Der Wind streicht über deine Arme und deine Beine und über deine Stirn, und du spürst diese angenehme Kühle auf der Stirn.

Die Wolke pustet uns den Wind über die Stirn – »Puuuh«, und dann machst du den Finger mit der Zunge nass und streichst damit über deine Stirn.

Du merkst auf einmal, dass die Stirn kühl wird. Du bist schön erfrischt und kannst gleich wieder weiterspielen. Aber erst machst du noch die Arme und Beine ganz locker, schüttelst sie hin und her und wackelst mit den Zehen.

Jetzt machst du die Augen wieder auf und atmest ein paar Mal tief ein und aus. ◀

Der Storch Baltasar und seine Freunde

Für die nächsten Geschichten liegen die Kinder wieder locker auf dem Rücken auf einer Decke oder Matte und haben kleine Kissen unter dem Kopf. Sie haben die Augen möglichst geschlossen, aber nicht zugekniffen.

Vorlesetext

▶ Der Storch Baltasar fliegt wie in jedem Jahr, wenn es bei uns kühler wird und der Winter kommt, mit seinen Freunden in das warme Afrika.
Er hat seine Flügel ganz weit ausgebreitet und fliegt immer höher und höher. Unter ihm werden die Häuser immer kleiner und kleiner und kleiner. Auch die Bäume, die Flüsse und die Seen – alles ist ganz klein geworden.
Er steigt immer höher, denn er muss über die hohen Berge fliegen, um nach Afrika zu kommen. Die schneebedeckten Berge strahlen weiß unter ihm, als er über sie hinwegfliegt. Das ist ganz schön anstrengend für Baltasar, so hoch zu fliegen. Als er die hohen Berge hinter sich gelassen hat, kann er wieder tiefer fliegen.

Geben Sie den Kindern immer wieder Zeit, sich die Umgebung vorzustellen. Welche Farbe haben das Meer und die Boote darauf, wie sieht die Oase aus, und wie schmeckt das Wasser? Und vor allem: Wie fühlt es sich an, ein Storch zu sein?

Er fliegt weiter und weiter, und jetzt sieht er das große Meer unter sich, das in der Sonne funkelt und glitzert. Viele bunte kleine und größere Schiffe und Boote schwimmen auf dem Meer. Baltasar spürt schon die Wärme der südlichen Sonne auf seinen Federn, und er freut sich und fühlt sich ganz wohlig. Bald naht das Ufer von Afrika, und es wird wärmer und wärmer in der Luft. Baltasar ist jetzt ganz warm. Fühlt ihr auch schon die Wärme an euren Armen und Beinen? Fühlt mal, wie warm eure Arme und Beine und auch euer Bauch jetzt schon sind …!
Der Storch Baltasar fliegt jetzt über wunderschöne, große Sandhügel und Sandberge, er ist jetzt nämlich über der Wüste. Und über der Wüste, da ist es natürlich noch viel wärmer. Er ist schon ziemlich erschöpft vom vielen Fliegen und der Hitze, und er sucht sich jetzt eine Wasserstelle, wo er etwas trinken und sich ausruhen kann.
Da sieht er unter sich wunderschöne Palmen, eine kleine Oase, wo es Wasser gibt, und da fliegt er jetzt langsam herunter. Langsam gleitet er tiefer und landet schließlich ganz nah am Wasser. Er trinkt von dem angenehm kühlen Wasser und putzt seine Federn. Dann ruht er sich noch ein bisschen im Schatten der Palmen aus, aber nicht lang, denn er muss wieder los, weil er sich mit seinen Freunden treffen will, bevor es dunkel wird. Er will zu einem herrlichen, großen, glitzernden See weiterfliegen, wo es auch genug zu fressen gibt. Dort warten schon Tausende von seinen Freunden auf ihn.
So fliegt Baltasar also weiter – und tatsächlich: Bevor die Sonne untergeht, sieht er den großen See unter sich. Langsam gleitet er tiefer und tiefer, und

Der Sage nach wollte das Pferd, als es erschaffen und mit seinem Aussehen unzufrieden war, höhere Beine, einen langen Hals, eine breitere Brust und eine Art Sattel. Gott erfüllte ihm den Wunsch, und es entstand das Kamel. Aber das Pferd fand es sehr hässlich und wollte dann doch so bleiben, wie es war.

schließlich landet er am Ufer des Sees. Er prüft ganz gemächlich mit seinen Füßen das Wasser von diesem schönen See und merkt, dass es angenehm warm ist. Jetzt, in der Nähe seiner Freunde, fühlt sich Baltasar wohl und geborgen, und sie essen und trinken zusammen. Dann suchen sie sich ein schönes Plätzchen zum Schlafen.

Nun träumen sie von dem fernen Land, aus dem sie gekommen sind. Und sie freuen sich auch schon wieder darauf, im nächsten Jahr, wenn es dort wieder wärmer ist, dahin zurückzukehren …

Und auch wir träumen von der schönen Wärme in Afrika, und unsere Arme und Beine sind ganz warm und schwer, und unser Bauch ist auch ganz warm, ganz wohlig warm …

Und dann räkeln und strecken wir uns langsam wieder, bewegen die Zehen und Finger, atmen tief ein und aus und machen die Augen wieder auf, damit wir nun wieder fit sind zum Spielen. ◀

Das Kamel Ali und seine Freunde

Die Kinder liegen auf dem Rücken auf einer Matte. Die Augen sind geschlossen.

Vorlesetext

▶ Das Kamel Ali lebt mit seinen Freunden am Rand einer großen Wüste in Afrika. Mehrmals im Jahr durchstreifen Ali und seine Freunde diese Wüste, um Waren auf ihrem Rücken von einem Land zum anderen zu bringen.

Ali ist geradezu ideal für das Leben in der Wüste ausgestattet. Er hat breite Füße, damit er nicht in den Sand einsinkt, er kann lange, ohne trinken und essen zu müssen, auskommen, und er kann selbst so stachelige Pflanzen wie Kakteen essen.

Wenn Ali mit seinen Freunden mehrere Tage durch die Wüste geht und Sachen transportiert, nennt man das eine Karawane. Zu diesen Kamelkarawanen gehören natürlich auch Menschen, die die Kamele führen. Diese Menschen tragen Turbane auf dem Kopf. Turbane sind Tücher, die um den Kopf gewickelt sind, so dass nur die Augen frei sind; so sind die Menschen vor der Sonne und vor dem Sand, der durch den Wind aufgewirbelt wird, geschützt.

Wir wollen jetzt alle mit Ali und seinen Freunden die Wüste durchqueren.

Wir liegen ganz kuschelig eingepackt in unserer Decke, haben die Augen geschlossen und stellen uns vor, dass jeder von uns jetzt auf einem Kamel sitzt. Und die Kamele, die schaukeln beim Gehen hin und her und her und hin, und hin und her und her und hin. Man nennt sie deswegen auch »Wüstenschiffe«. Wir fühlen uns ganz wohl und geborgen auf dem Rücken unserer

»Wüstenschiffe« werden Kamele deshalb genannt, weil sie»Passgänger« sind, also immer mit dem linken Vorder- und Hinterbein gleichzeitig einen Schritt machen und dann mit den zwei rechten Beinen. So entsteht ein wiegender Gang, der einen hin und her schaukelt, wie ein Schiff.

Kamele und staunen über die Größe der Wüste. Wir sehen wunderschöne Hügel aus Sand rechts und links neben uns, und die Sonne scheint ganz warm auf uns herab.

Wir sind auch durch so einen Turban geschützt vor der Sonne und dem Sand; nur die Augen schauen heraus und blinzeln in die Sonne. Fühlt jetzt mal, wie warm eure Arme und Beine sind, ganz warm. Und in der Ferne sehen wir eine kleine Oase, das ist eine Wasserstelle, wo die Menschen und Tiere trinken können. An der Oase stehen schöne grüne Palmen. Die Kamele laufen nun ein bisschen schneller, weil sie sich auf das kühle Wasser freuen. Und es schaukelt noch mehr hin und her und her und hin; es ist ein ganz schönes Gefühl, dieses Schaukeln.

In den Höckern der Kamele sind Fettreserven gespeichert, von denen das Kamel bei weiten Wanderungen durch die Wüste zehren kann.

An der Oase angekommen, gehen die Kamele in die Knie, und so können wir ganz bequem von ihrem Rücken wieder heruntersteigen.

Wir setzen uns jetzt in den angenehm kühlen Schatten der Palmen. Am Horizont geht langsam die Sonne unter. Sie sieht prächtig aus, wie ein riesiger, feuerroter Ball am Himmel.

Wenn die Sonne untergegangen ist, wird es in der Wüste viel kühler. Und dunkel ist es auch geworden. Aber da kommen schon die vielen Sterne und der Mond heraus und tauchen die Wüstenlandschaft in ein silbriges, glänzendes Licht.

Jemand hat ein schönes, warmes Lagerfeuer gemacht, und wir setzen uns alle drumherum und wärmen uns an dem Feuer. Zelte werden aufgebaut, in denen wir heute Nacht schlafen werden, und in den Zelten sind weiche, kuschelige Schlafsäcke.

Nachdem wir gegessen und getrunken haben, gehen wir in unsere Zelte und kuscheln uns in die Schlafsäcke ein. Wir machen die Augen zu und fühlen uns richtig pudelwohl. Wir sind jetzt ganz müde und schwer. Die Augen sind müde und schwer, und die Arme und Beine sind müde und schwer. Wir träumen von den Erlebnissen, die wir in der Wüste mit Ali und seinen Freunden hatten …

Nach einiger Zeit räkeln und strecken wir uns wieder, lockern die Finger und die Zehen, atmen ganz tief ein und aus, so dass sich der Bauch richtig hebt und senkt, und machen die Augen wieder auf. ◀

Das Nilpferd Alfred und seine Freunde

Auch diese kleine Geschichte lässt die Kinder in ihrer Phantasie in fremde Länder ziehen. Durch die wiederholten Anweisungen, die Ruhe, Schwere und Wärme entstehen lassen, stellen sich bei den Kindern wieder die gewünschte Ruhe und Entspannung ein.

Vorlesetext

▶ Das Nilpferd Alfred lebt in einem mächtigen Fluss, den man Nil nennt. Alfred ist ganz groß und schwer, er hat kleine Augen und große Zähne. Doch er ist ganz lieb. Nur ab und zu kommt er aus dem Wasser heraus, um seine Freunde, den Elefanten und das große Panzernashorn, zu treffen, die auch so groß und schwer sind wie Alfred.

Das Nil- oder Flusspferd stammt noch aus Urzeiten. Früher war es in Afrika weit verbreitet, wurde aber in vielen Gebieten ausgerottet. Meist hält sich das Flusspferd im Wasser auf und kommt in der Regel nachts ans Ufer, um Gras zu fressen. Dabei unternimmt es weite Wanderungen durch die Steppe.

Gemeinsam gehen sie dann durch das hohe Gras zum Fressen und Spielen. Auf dem weichen Boden laufen sie ganz locker und leicht, obwohl sie so groß und schwer sind. Und sie rennen auch manchmal um die Wette, vorneweg immer der mächtige Elefant, der am weitesten vorausschauen kann, den Rüssel hoch gereckt. Dann kommt Alfred, das Nilpferd. Er läuft immer dicht hinter dem Elefanten, weil er ja nicht so gut sehen kann. Und dahinter kommt dann das große Panzernashorn, das auch nicht so gut sehen kann, darum müssen sie dicht beieinander bleiben.

In der wunderschönen, warmen Sonne Afrikas spielen und tollen sie herum. Den ganzen Tag scheint die Sonne auf Alfred und seine beiden Freunde, und sie fühlen sich warm, glücklich und geborgen. Sie steigen auf einen kleinen Berg, von dessen Spitze sie eine wundervolle Aussicht auf den großen Fluss Nil haben. Oben angekommen fühlen sie sich müde und schwer. Sie legen sich hin, um sich vom Spielen und Herumtollen auszuruhen. Erst legt sich der

Elefant in das weiche Gras, nimmt noch einen Rüssel voll Sand, den er über sich streut, um die Fliegen zu vertreiben. Dann legt sich ganz müde und schwer das Panzernashorn ins weiche Gras, streckt die dicken Beine wohlig in die Luft und legt die Schnauze mit dem Horn auf einen kleinen Grashügel. Und zuletzt legt sich Alfred, unser Flusspferd, ganz müde und schwer hin. Er spürt, wie müde und schwer seine vier stämmigen Beine sind. Er legt auch seinen schweren Kopf in das weiche Gras, denn er und seine Freunde haben sich sehr angestrengt und sind jetzt ganz müde vom vielen Herumtoben – genauso wie ihr. Wenn ihr viel hin und her rennt und herumtobt, braucht ihr auch eine Pause. Auch ihr fühlt, wie schwer euer Kopf und eure Arme und Beine sind. Genauso schwer wie die Beine vom Nashorn, vom Elefant und von Alfred, dem Nilpferd.
Und wenn wir jetzt so daliegen, so müde und schwer und so ganz entspannt, spüren wir auch wieder die wunderschöne Wärme der Sonne auf unseren Armen, Beinen und dem Bauch. Und ihr seid ganz ruhig und entspannt, ganz ruhig und entspannt …

Unter Wasser ist es völlig still. Die Alltagsgeräusche sind weit weg und bedeutungslos. Wir können uns nur langsam bewegen, langsam mit den Füßen schlagen und langsam die Richtung ändern. Auch die anderen Lebewesen schwimmen im Zeitlupentempo an uns vorbei.

Die kunterbunte Unterwasserwelt

Diese Übungseinheit dient dazu, Atmung und Herzschlag wieder in Einklang zu bringen. Die Kinder liegen wieder auf ihren Matten oder Decken und haben ein Kissen unter dem Kopf. Sie liegen auf dem Rücken, haben die Augen geschlossen, und die Arme und Beine liegen locker auf dem Boden.

Vorlesetext

Heute wollen wir auf einem wunderschönen alten Segelschiff hinaus aufs Meer fahren. Wir stehen alle an Deck des Segelschiffs. Wir schauen zu den Segeln hoch und sehen, dass sie dick aufgebläht sind. Der Wind bläst, füllt die Segel, und so können wir ganz weit aufs Meer hinausfahren. Wir spüren den Wind auf unserer Stirn. Das Schiff schaukelt auf und ab und mal nach rechts und dann nach links. Wir fahren immer weiter hinaus aufs Meer. Das Wasser glitzert und funkelt in der Sonne. Bald sind wir ganz weit draußen.
Jetzt lassen wird den großen, schweren Anker hinunter und holen die Segel ein, damit das Schiff nicht wegschwimmen kann. Hier wollen wir nämlich tauchen gehen. Wir ziehen alle eine Taucherausrüstung an, nehmen Sauerstoffflaschen wie einen Rucksack auf den Rücken, ziehen die Taucherbrille und die großen Schwimmflossen an und springen dann alle nacheinander in das schöne warme und klare Wasser. Im Taucheranzug ist es angenehm warm. Wir sehen viele bunte Fische, große und kleine. Sie schauen uns staunend an, denn sie haben noch nie Taucher in Taucheranzügen gesehen. Rote, gelbe,

Im Wasser ist unser Körper ganz leicht, wir spüren ihn kaum. Erst wenn wir wieder an Deck unseres Schiffes sind, in den Liegestühlen, wird er schwer. Und wir genießen es, dass wir uns nach der Anstrengung gründlich ausruhen dürfen.

grüne, gestreifte, karierte Fische – eine wirklich kunterbunte Unterwasserwelt sehen wir. Wir sind ganz überrascht davon und auch, wie warm das Wasser ist, wie angenehm und klar. Und wir atmen jetzt ganz ruhig ein und aus, ganz ruhig ein und aus. Durch die Taucherbrille sehen wir die Luftbläschen aufsteigen und schwimmen ganz ruhig umher.

Dann sehen wir eine große Höhle. Wir schwimmen langsam in diese Höhle hinein. Mit einer Taschenlampe können wir die Höhle ausleuchten und sehen Fische, die dort im Dunkeln leben: schlangenförmige, gestreifte, die uns aber nichts tun, sondern uns nur ganz erstaunt anschauen. In der Höhle gibt es auch rot-schwarz-gestreifte Fische, die Soldatenfische genannt werden und in großen Schwärmen leben. Auch gelbe Doktorfische leben dort unten. Und wir sehen auch, wie die Fische atmen. Die Kiemen hinter ihrem Maul klappen immer auf und zu und auf und zu, ganz ruhig atmen sie in dem klaren, warmen Wasser. Am Ende der Höhle fällt durch einen offenen Spalt etwas Licht in die Dunkelheit.

Nun schwimmen wir wieder aus der Höhle heraus langsam nach oben zur Wasseroberfläche. Wir atmen ganz ruhig und gleichmäßig; langsam kommen wir wieder nach oben. Dort hängt schon die Strickleiter von unserem Schiff herunter. Wir klettern die Strickleiter hoch und sind jetzt wieder im Segelschiff. Wir ziehen unsere Taucherausrüstung wieder aus, trocknen uns ab und legen uns in die schönen, weichen Liegestühle.

Wir schließen die Augen, genießen die angenehme Luft auf dem Meer und spüren den leichten Windhauch auf unserer Stirn. Die Sonne scheint ganz warm auf uns herab. Sie wärmt die Beine, die Arme, den Bauch ... wir träumen von der kunterbunten Unterwasserwelt. Unsere Augen sind ganz müde und schwer, die Arme und die Beine und der ganze Körper sind ganz müde und schwer. Fühlt mal, wie schwer die Arme und Beine sind und wie warm die Arme und Beine sind.

Wir atmen ganz ruhig und gleichmäßig, und wir sind ganz entspannt. Wir sind ganz ruhig und schwer, und uns ist angenehm warm ...

Nun müssen wir wieder munter werden, denn wir wollen das Schiff wieder nach Hause bringen. Wir stellen uns vor, dass der Wind jetzt kühler wird und über unsere Stirn pustet. Wir machen die Finger mit der Zunge nass und streichen damit über die Stirn. Wir merken, wie erfrischend kühl das ist. Wir lockern wieder die Finger und die Zehen und strecken und recken die Arme und die Beine. Wir räkeln uns und atmen ganz tief ein und aus und machen die Augen auf. ◀

Ein Entspannungsgedicht zum Miterleben und Nachspielen

Müde Tiere

Das Flusspferd
macht die Augen zu,
es kann nicht länger stehn.
Es legt sich hin
ganz müd und schwer,
und das kann jeder sehn!

Das Nashorn,
das ist groß und schwer,
will auch nicht länger stehn.
Es legt sich hin
ganz müd und schwer,
und das kann jeder sehn!

Der Elefant,
ganz groß und schwer,
als Dickhäuter
uns wohl bekannt.
Er ist von allen das größte Tier,
will auch nicht länger stehn.
Er legt sich hin
ganz müd und schwer,
und das kann jeder sehn!

Die Katze
macht die Augen zu
und meint, die Nacht war schön.
Du kannst es grad so gut wie sie,
und das kann jeder sehn!

Der Igel
macht die Augen zu,
was ist denn nur geschehn?
Er rollt sich ein
zum Winterschlaf,
und das kann jeder sehn!

Der Frosch
klappt auch die Augen zu,
was wird im Teich geschehn?
Er schläft
und atmet tief und fest,
und das kann jeder sehn!

Die Eule
macht die Augen auf,
es ist Zeit aufzustehn.
Dann fliegt sie durch die
kühle Nacht,
und das kann jeder sehn!

Und wenn ihr nun
auch munter werdet,
so frisch und fit
seid ihr nun drauf.
Dann streckt ihr euch
und gähnt ganz fest
und steht
dann einfach auf!

Mit Hilfe derartiger Sätze kann nach einiger Zeit der regelmäßigen Übung das »autogene Umschalten« schneller herbeigeführt werden. Damit ist gemeint, dass man einen Erholungszustand einschalten und nach Beendigung der Übung wieder ausschalten kann.

Tiefenmuskel-entspannung

Entspannt sich der Körper muskulär, wird der Parasympathikus angeregt. Dieser Teil des Nervensystems ist für alle regenerativen Prozesse zuständig: Schlaf, Verdauung, Herzschlag, Atmung, Fortpflanzung.

Die Tiefenmuskelentspannung oder progressive Muskelentspannung nach dem Physiologen E. Jacobson wird fremdinstruktiv, also unter Anleitung eingeübt. Es ist ein aktives Verfahren, das darauf basiert, einzelne Muskelgruppen von der Stirn über Nacken, Arme, Körper und Beine systematisch erst bewusst anzuspannen und dann wieder zu entspannen. So wird der Unterschied zwischen angespannter und entspannter Muskulatur deutlich und ein tieferer Entspannungszustand erreicht. Nach einiger Zeit erkennt der Übende, welche Muskelgruppen unnötig angespannt sind, und kann sie aktiv entspannen.

Für hyperaktive Kinder

Durch die bewusste Muskelanspannung und die darauf folgende tiefe Entspannung der Muskelpartie finden die Kinder rasch zu einem Entspannungszustand, bei dem sie ein Kribbeln, Wärme und Schwere spüren können. Der körperliche Ausgeglichenheitszustand und die physiologischen Werte wie verminderter Puls, gleichmäßige Atmung usw. wirken beruhigend und entspannend auf den Gesamtzustand des Kindes. Die Tiefenmuskelanspannung lässt sich gut mit dem autogenen Training kombinieren.
Die einzelnen Übungen können bis zu maximal sechsmal wiederholt werden. Wichtig dabei ist: Mindestens drei Sekunden die maximale Anspannung halten, mindestens zehn Sekunden wieder entspannen, damit die Reaktionen wie Wärme, Schwere usw. wahrgenommen werden können.

Geballte Fäuste sind immer auch ein Ausdruck von Kampf. Wer das im Alltag häufig praktiziert, braucht dringend eine Pause von dieser Haltung. Davon sind auch schon Kinder betroffen.

Tips zur Durchführung

Beginnen Sie zunächst mit einer Übung, und fragen Sie anschließend die Kinder, wie sie die Übungen erlebt haben, ob sie den Unterschied zwischen Anspannung und Entspannung deutlich gespürt, ob sie vielleicht Wärme, Schwere und ein Kribbeln gespürt haben. Machen Sie die Kinder noch einmal darauf aufmerksam, dass sie die Muskeln nicht so stark anspannen sollen, dass es schmerzt.

Entspannungsübungen

Entspannung der Hände und Arme

Vorlesetext

▶ Ihr liegt bequem auf dem Boden, und nichts drückt euch oder engt euch ein. Jetzt ballt ihr die rechte Hand zu einer Faust. Sonst seid ihr ganz locker, nur die Finger der rechten Hand liegen ganz eng aneinander, und ihr drückt die Faust fest zusammen. Ihr atmet ganz normal weiter und spürt die Anspannung in der Hand und im Unterarm ... Und jetzt lasst ihr los und entspannt die Faust. Ihr streckt die Finger langsam aus und spürt, wie Hand und Unterarm warm werden. Die Hand und der Arm entspannen sich, und ihr fühlt euch wohl und warm.

Nun ballt ihr die linke Hand zur Faust und spannt sie an. Ihr atmet ruhig weiter und spürt, wie nur die linke Faust hart wird und wie auch der Unterarm hart wird. Ihr spannt die Faust stark an ... und entspannt sie wieder. Streckt eure Finger langsam aus und fühlt, wie die Entspannung die Hand und den Unterarm weich und warm macht.

Als Nächstes ballt ihr beide Hände zur Faust und drückt sie fest zusammen. Spannt die Fäuste an, so stark es geht, aber nicht so stark, dass es weh tut. Ihr spürt, wie die Fäuste hart sind und wie die Unterarme hart sind. Ihr haltet die Spannung ... und lasst wieder los. Ihr streckt die Finger langsam aus und spürt, wie locker und entspannt sie sind. Eure Hände und Unterarme sind warm und entspannt.

Jetzt hebt ihr beide Unterarme und legt eure Hände auf die Schultern. Die Oberarme bleiben auf dem Boden liegen, und ihr spannt nur die Muskeln in den Oberarmen an. Ihr atmet ganz normal weiter, und nur die Muskeln in den Oberarmen werden hart. Ihr spürt die Anspannung ... und lasst wieder los. Legt die Hände wieder flach auf den Boden und achtet darauf, wie die Oberar-

Wer nicht gleich die richtigen Muskeln findet, muss noch ein wenig üben. Aber keine Angst, jeder kann diese Form der Entspannungsübungen erlernen. Am Ende können alle jeden größeren Muskel ihres Körpers bewegen, anspannen und entspannen.

me warm werden. Noch einmal winkelt ihr die Arme an, legt die Hände auf die Schultern und spannt die Muskeln oder Oberarme an. Ihr drückt fest ... und lasst wieder los. Streckt beide Arme wieder aus, legt die Hände auf den Boden und spürt die Wärme in den Oberarmen.

Diese Übung ist besonders wertvoll für Kinder, die unter Kopfschmerzen leiden, nachts mit den Zähnen knirschen oder unter einer Sehschwäche leiden. Sie bekommen ein Gefühl von Leichtigkeit, Frische und Weite im Kopf.

Eure Arme liegen jetzt locker neben dem Körper. Ihr streckt die Arme lang aus und legt die Handrücken auf den Boden. Jetzt drückt ihr die Hände fest gegen den Boden. Drückt fest und spürt die Anspannung in den Händen und in den Armen. Ihr drückt gegen den Boden ... und lasst wieder los. Eure Hände, die Unterarme und die Oberarme entspannen sich und werden angenehm warm. Noch einmal drückt ihr die Handrücken fest gegen den Boden. Ihr drückt mit beiden Armen und atmet ganz normal weiter. Ihr drückt ... und lasst wieder los. Die Hände und die Arme werden warm und entspannen sich, sie sind ganz locker. Dreht eure Hände wieder um, die Handflächen liegen jetzt auf dem Boden. Ihr spürt eine angenehme Wärme von den Händen hoch bis zu den Schultern.

Zum Schluss streckt ihr beide Arme hoch in die Luft und schüttelt die Hände. Winkelt die Ellbogen ab und lasst die Hände locker herunterfallen – und streckt ruckartig die Ellbogen wieder und lasst die Hände in die Höhe schnellen. ◀

Entspannung von Gesicht und Schultern

Vorlesetext

▶ Ihr liegt bequem und atmet normal und ruhig. Hebt jetzt eure Augenbrauen so weit hoch wie möglich und runzelt die Stirn. Die Haut auf dem Kopf spannt sich, ihr haltet die Spannung in den Augenbrauen ... und lasst sie wieder locker. Eure Stirn ist wieder schön glatt, die Kopfhaut entspannt sich. Falls ihr die Augen noch nicht zuhabt, dann macht ihr sie jetzt zu. Kneift die Augen ganz fest zu, aber nicht so fest, dass es weh tut. Drückt die Augen zu ... und lasst wieder locker. Die Augen bleiben leicht geschlossen, die Augenlider entspannen sich.

Jetzt konzentriert euch auf euren Mund und beißt die Zähne zusammen. Richtig schön zubeißen, aber nicht zu fest, nur schön anspannen ... und wieder loslassen. Ihr spürt, dass der Kiefer wieder schön entspannt ist.

Nun zu den Lippen. Drückt die Lippen zusammen, ganz fest. Presst sie aufeinander, dass sie ganz schmal werden. Haltet die Spannung ... und lasst wieder los, ihr spürt die Entspannung in den Lippen, im Kiefer, in den Augen, im ganzen Gesicht. Alles fühlt sich entspannt und locker an.

Als Nächstes zieht ihr die rechte Schulter hoch. Der Arm bleibt gerade, nur die Schulter kommt hoch bis zur Wange. Drückt die Schulter richtig fest hoch ...

und lasst sie wieder sinken. Sie liegt jetzt wieder ganz bequem da. Nun kommt die linke Schulter dran. Zieht die linke Schulter hoch mit viel Kraft. Haltet die Spannung kurz ... und lasst sie wieder sinken.
Jetzt beide Schultern: Zieht beide Schultern so weit hoch, wie es geht. Spannt die Muskeln an ... und entspannt sie wieder. Lasst die Schultern wieder locker sinken. Nun drückt ihr beide Schultern gegen den Boden. Ihr atmet ganz gleichmäßig und ruhig, nur die beiden Schultern drückt ihr mit viel Kraft nach hinten gegen den Boden ... und lasst wieder los. Nun drückt ihr beide Schultern nach vorn. Drückt sie so weit nach vorn wie möglich, mit viel Kraft. Ihr drückt ... und lasst sie wieder sinken. Locker liegen die Schultern auf dem Boden und sind entspannt. Ihr spürt, wie angenehm es sich anfühlt, wenn die Schultern entspannt sind.
Zum Schluss streckt ihr beide Arme hoch in die Luft und schüttelt die Hände. Winkelt die Ellbogen ab und lasst die Hände locker herunterfallen – und streckt ruckartig die Ellbogen wieder und lasst die Hände in die Höhe schnellen. ◀

Etwa in Höhe des Bauches befindet sich das »Sonnengeflecht«. Hier ist das Zentrum des Vegetativums, das für die Entspannung zuständig ist. Ist der Bauch also angespannt, steht der Organismus praktisch unter Dauerstress.

Entspannung von Bauch und Rücken

▶ Ihr liegt bequem, euer Atem geht ganz ruhig. Atmet jetzt einmal ganz tief ein, so tief ihr könnt, und haltet dann die Luft an. Ihr spürt, wie die Luft in der Brust und im Bauch drückt. Lasst jetzt die Luft langsam wieder heraus. Der Bauch entspannt sich, die Brust entspannt sich, und ihr atmet normal weiter. Ihr spürt jetzt besser euren Bauch und die Brust. Nun atmet ihr noch einmal ganz tief ein, so dass ihr voller Luft seid. Haltet die Luft einen Augenblick lang an. Alles spannt. Jetzt lasst wieder los, und die Luft kommt von allein aus euch heraus. Atmet normal weiter. Ihr spürt, dass Bauch und Brust weich und entspannt sind. Das Atmen geht leicht, ihr atmet ganz ruhig.
Jetzt zieht ihr euren Bauch ein, ihr macht euch ganz schlank am Bauch, zieht den Bauch ein, so stark es geht ... und lasst ihn wieder heraus, wie er sonst immer ist. Noch einmal zieht ihr den Bauch ganz stark ein, macht euch ganz dünn ... und lasst den Bauch wieder locker.
Als Nächstes drückt ihr den Bauch heraus, so weit es geht. Nur den Bauch, bis er ganz dick ist ... und lasst ihn wieder schrumpfen. Noch einmal drückt ihr den Bauch heraus, macht ihn so dick wie möglich ... jetzt darf er wieder zurückfallen, wie er sonst immer ist. Ihr spürt, wie entspannt der Bauch jetzt ist. Nun drückt ihr den Rücken hoch, stützt die Schultern auf dem Boden ab und drückt den Rücken so weit wie möglich vom Boden weg, mit viel Kraft ... und lasst ihn wieder auf den Boden sinken. Noch einmal drückt ihr nur den

Vorlesetext

Rücken vom Boden weg, alles andere bleibt so locker wie möglich. Kräftig drückt ihr den Rücken hoch ... und lasst ihn wieder auf den Boden sinken.
Ihr seid jetzt schön entspannt, der Rücken ist warm und locker, der Bauch und die Brust auch. Ihr atmet ruhig und entspannt weiter.
Zum Schluss streckt ihr beide Arme hoch in die Luft und schüttelt die Hände. Winkelt die Ellbogen ab und lasst die Hände locker herunterfallen – und streckt ruckartig die Ellbogen wieder und lasst die Hände in die Höhe schnellen. ◀

Entspannung der Füße und Beine

Vorlesetext

▶ Ihr liegt ruhig und bequem, ihr atmet ganz normal. Streckt jetzt die Beine und Füße, macht sie richtig lang, so lang es geht. Spannt die Muskeln im Po und in den Beinen fest an, streckt die Zehen, so weit es geht ... und lasst wieder los. Noch einmal streckt ihr die Beine, die Füße bis zu den Zehen, ihr streckt die Beine ganz stark ... und lasst die Anspannung wieder los. Ihr spürt, wie die Beine und Füße locker sind; alles entspannt sich, die Füße, die Waden, die Oberschenkel, der Po.

Wenn man davon ausgeht, dass der ganze Körper auf der Fußsohle abgebildet ist und einzelne Körperteile über die Behandlung der Füße therapiert werden können, kann man sich vorstellen, welche Auswirkungen eine verspannte Fußmuskulatur hat. Außerdem sind es schließlich die Füße, die uns andauernd tragen. Da haben sie sich eine Entspannungspause schon mal verdient.

Nun winkelt ihr die Knie an, so dass die Fußsohlen auf dem Boden stehen. Hebt jetzt die Füße hinten an den Fersen an. Die Zehen bleiben auf dem Boden, und ihr drückt die Fersen ganz fest hoch, so hoch es geht ... und lasst wieder los. Die Fußsohlen stehen wieder ganz auf dem Boden. Jetzt hebt ihr noch einmal die Fersen an, drückt sie richtig fest hoch, so hoch es geht, ohne dass es weh tut ... und lasst wieder locker, setzt die Fußsohlen wieder ganz auf den Boden.
Jetzt macht ihr es genau umgekehrt. Die Fersen bleiben auf dem Boden, und die Zehen streckt ihr so weit wie möglich nach oben. Der ganze Fuß richtet sich auf, nur die Ferse hinten bleibt auf dem Boden. Drückt die Zehen ganz weit nach oben ... und wieder hinunterlassen. Die Füße stehen wieder auf dem Boden.
Und jetzt noch einmal. Die Fersen bleiben auf dem Boden, die Zehen und den Fuß drückt ihr so hoch wie möglich in die Luft, ganz hoch ... und wieder loslassen. Stellt die Füße bequem auf den Boden. Ihr spürt eine warme und schöne Entspannung in den Füßen und Beinen. Die Zehen sind entspannt, die Füße auch, die Waden und Oberschenkel, auch der Po, alles ist warm und locker.
Die Beine sind noch angewinkelt, die Füße stehen bequem auf dem Boden. Zum Schluss wackelt ihr mit den Knien hin und her und schüttelt so die Ober- und Unterschenkel. Dann macht ihr mit einem Ruck die Beine gerade und zieht sie wieder an. ◀

Der Rücken wird kräftig angespannt und dann losgelassen, das fördert die Durchblutung und kräftigt die Muskeln im oberen Rücken.

Tiefenmuskelentspannung mit Zak, dem Affen

Die Kinder liegen bequem auf ihrer Decke, sie haben eventuell ein Kissen unter dem Kopf. Ihr Kuscheltier liegt neben ihnen und wie die Kinder auf dem Rücken.

Vorlesetext

▶ Bei der ersten Übung stellt ihr euch Zak als ganz starken Affen vor. Und so wie er ballt ihr jetzt die Hände ganz fest zu Fäusten und beugt die Arme. Die Muskeln sind jetzt ganz fest angespannt, und ihr streckt die Brust raus wie der starke Affe Zak. Puh! Das ist ganz schön anstrengend.

Ihr müsst dabei ganz ruhig und gleichmäßig durch die Nase ein- und durch den Mund ausatmen, damit ihr nicht husten müsst und damit ihr auch keinen dicken roten Kopf bekommt.

Ganz ruhig und gleichmäßig atmen, durch die Nase ein und durch den Mund aus. Ihr spürt, wie fest eure Arme angespannt sind. Jetzt nehmt ihr die Anspannung weg und legt die Arme wieder langsam ganz locker neben euch. Ihr macht die Fäuste wieder auf und spürt, wie warm es in den Armen und Händen wird. Das ist ein tolles Gefühl. Und ihr atmet ganz ruhig weiter, tief ein und gründlich aus.

So, das war das erste Mal, wir machen es gleich noch einmal. ◀

Ein Affe braucht starke Arme, um sich durch den Urwald zu hangeln.

Vorlesetext

▶ Jetzt zur zweiten Übung. Ihr habt die Augen geschlossen und streckt die Brust raus. Ihr atmet wieder ruhig und gleichmäßig durch die Nase ein und durch den Mund aus. Ja, so ist es gut, ruhig und gleichmäßig atmen. Jetzt schiebt ihr ganz fest die Schultern zu den Ohren hoch. Denkt daran, wie lustig es bei dem Affen Zak aussieht, wenn er die Schultern hochzieht. Der Hals wird dann ganz kurz, und man könnte meinen, er hat gar keinen Hals, weil die Schultern so hoch stehen. Ihr spürt, wie angespannt eure Schultern sind. Könnt ihr die Schultern noch ein Stückchen höher drücken? So, und jetzt lasst die Schultern wieder sinken.

Das machen wir auch gleich noch einmal und denken dabei an Zak. ◀

Vorlesetext

▶ Bei der dritten Übung drückt ihr den Hinterkopf fest auf das Kissen und merkt, wie die Muskeln im Nacken angespannt sind. Wir atmen dabei wieder ganz ruhig und gleichmäßig durch die Nase ein und durch den Mund aus und halten die Spannung ein bisschen. Fest drückt ihr den Kopf auf das Kissen, ihr wollt das Kissen so flach wie möglich drücken. Dabei denken wir wieder an den Affen Zak, wie er das wohl machen würde … Und dann entspannt ihr wieder den Kopf und den Nacken. Ihr spürt eine angenehme Wärme und Entspannung im Nacken.

Das machen wir auch gleich noch einmal, sagt Zak. Und er hat Recht. ◀

Vorlesetext

▶ Bei der vierten Übung stellen wir uns vor, wie der Affe Zak ganz witzige Grimassen schneidet. Ihr habt die Augen geschlossen, aber nicht zugekniffen. Jetzt beißt ihr die Zähne fest aufeinander und schiebt die Mundwinkel auseinander. Zieht die Mundwinkel so weit wie möglich auseinander. Atmet dabei ganz ruhig und tief. Ihr spürt, wie angespannt sich das Gesicht anfühlt. Stellt euch vor, wie Zak das macht – es sieht sehr witzig aus, wie er so grinst. Jetzt entspannt ihr wieder das Gesicht, und der Mund ist wieder ganz locker. Ihr atmet wieder tief ein und aus.

Das machen wir gleich noch einmal! ◀

Vorlesetext

▶ Bei der fünften Übung drückt ihr wie der Affe Zak die Fersen ganz fest auf den Boden. Die Zehen schauen dabei zur Nase hin nach oben, das sieht auch wieder ganz komisch aus. Ihr atmet ruhig und gleichmäßig. Ihr spürt, dass die Beine ganz fest und die Muskeln ganz stark angespannt sind. Jetzt entspannt ihr die Beine wieder und wackelt mit den Zehen hin und her.

Zak will das noch ein zweites Mal machen. Und ihr macht doch mit? ◀

Vorlesetext

▶ Und wenn ihr jetzt wieder ganz munter sein wollt, dann stellt euch vor, wie der Affe Zak sich an einer langen Liane durch den Urwald schwingt. Ihr steht auf und streckt die Arme hoch wie Zak, der sich an einer Liane hochziehen will. Ihr streckt und reckt euch und lockert die Füße und die Hände und die Finger und die Zehen und zieht euch langsam hoch. Ihr atmet dabei ganz tief ein und aus; fasst mit den Fäusten zu, packt und zieht euch hoch wie der Affe Zak, der sich an dieser Liane hochzieht und hin und her schwingt. Und noch mal feste lockern und noch mal tief ein- und ausatmen, und dann sind wir wieder ganz toll fit. Sagt Zak. Und da hat er Recht. ◀

Tiefenmuskelentspannung im Sitzen

Wenn kein gemütlicher Liegeplatz für die Tiefenmuskelentspannung zur Verfügung steht, lassen sich die Übungen auch im Sitzen absolvieren. Dabei folgt nach einer Muskelanspannungsphase von höchstens fünf Sekunden jeweils eine Entspannungsanleitung von fünf bis zehn Sekunden Dauer. Die einzelnen Übungen können mit den Kindern bis zu sechsmal wiederholt werden. Wenn die Kinder mit diesem speziellen Kurzprogramm der Tiefenmuskelentspannung ein wenig vertraut sind, können die Ruhephasen zwischen den Übungen auch gesteigert werden, d.h.: anstatt fünf Sekunden zehn Sekunden Entspannung. Dadurch wird das Bewusstsein für das Spüren der Wärme und Schwere in den Armen und Beinen geschärft.

Die meisten Kinder können noch ganz bequem auf dem Boden sitzen und die Wirbelsäule aufrecht halten. Der optimale Sitz wird erreicht, wenn der Oberkörper aufgerichtet wird und dann vertikal leicht in sich zusammensinkt. Aber nicht nach vorn kippen! Arme und Hände entspannt halten.

Dieser kleine Orang-Utan braucht keine Entspannungsübungen. Falls er sie doch probieren will, hat er keine Probleme, sie auch in den waghalsigsten Sitzpositionen auszuführen.

King Kong

Vorlesetext

▶ Ihr sitzt bequem und aufrecht und habt die Augen geschlossen. Jetzt ballt ihr die Fäuste ganz fest und beugt die Arme. Spannt die Muskeln fest an wie King Kong, der starke Riesenaffe, atmet gleichmäßig durch die Nase ein und durch den Mund wieder aus. Haltet die Spannung noch ein bisschen, ruhig atmen … und wieder loslassen. Macht die Faust auf, lasst die Arme sinken und schüttelt die Arme. Schüttelt auch die Hände und atmet ein paar Mal richtig tief durch. Spürt ihr, wie warm die Arme und die Hände geworden sind? ◀

Quasimodo

Vorlesetext

▶ Kennt ihr Quasimodo, den Glöckner von Notre-Dame? Quasimodo hatte einen Buckel. Er lief immer mit hochgezogenen Schultern herum. Ihr sitzt bequem und aufrecht und zieht langsam die Schultern nach oben. Atmet dabei ganz ruhig durch die Nase ein und durch den Mund wieder aus. Zieht die Schultern hoch zu den Ohren und spannt die Muskeln stark an. Ruhig weiteratmen und die Schultern wieder langsam herunterlassen. Ein bisschen damit wackeln und tief durchatmen. Spürt ihr die Wärme in den Schultern? ◀

Siegfried

Vorlesetext

▶ Siegfried, der Nibelungenheld, war so stark, dass er es als Einziger schaffte, den grausamen Drachen zu töten, der die Menschen bedrohte. Setzt euch aufrecht hin und streckt die Brust ein wenig heraus. Atmet ruhig und gleichmäßig, durch die Nase ein, durch den Mund aus. Jetzt streckt ihr die Arme waagrecht aus und schiebt die Schultern langsam immer weiter nach hinten. Wenn es nicht mehr weiter geht, haltet ihr sie dort, spannt die Muskeln richtig fest an. Jetzt lasst ihr die Schultern wieder langsam nach vorn kommen. Die Arme sinken herunter, ihr schüttelt die Arme und die Schultern vorsichtig aus. Spürt ihr die Wärme am Rücken und im Nacken? ◀

Ängstlichkeit

Bei irrationalen Ängsten vor irgendwelchen Schreckgestalten ist es an den Eltern und Erzieherinnen, dem Kind zu versichern, dass sie es nie zulassen würden, dass ihm etwas geschieht. Das Kind sollte nicht zu einer Verleugnung des Gefühls gedrängt werden, vielmehr sollte die Sicherheit die Angst dominieren.

Herkules

Vorlesetext

▶ Herkules war ein berühmter Held. Er lebte vor langer Zeit in Griechenland. Er war sehr stark, und um seine berühmten Heldentaten zu bestehen, brauchte er auch kräftige Beine. Ihr sitzt entspannt und aufrecht. Atmet ruhig und tief durch die Nase ein und durch den Mund aus. Jetzt konzentriert euch auf euer rechtes Bein und drückt die Ferse des rechten Fußes ganz fest auf den Boden. Drückt so fest, als ob ihr ein Loch in den Boden drücken wollt. Spannt die Muskeln im rechten Bein richtig stark an. Jetzt lasst die Muskeln wieder locker, wackelt mit dem rechten Bein ein wenig hin und her und zappelt mit den Zehen. Richtig ausgiebig wackeln und zappeln. Das rechte Bein ist jetzt warm geworden, spürt ihr es?

Jetzt ist das linke Bein dran. Das rechte bleibt ganz locker, und ihr atmet gleichmäßig, während ihr die linke Ferse fest gegen den Boden drückt. Und jetzt lasst das linke Bein locker. Entspannt es, wackelt ein bisschen damit und zappelt mit den Zehen. Auch das linke Bein ist jetzt ein wenig warm geworden. Aber Herkules war ein ganz starker Held. Macht es jetzt wie er und drückt die Fersen von beiden Füßen fest gegen den Boden. Bleibt aufrecht sitzen, haltet die Schultern entspannt, atmet weiter und drückt nicht den Stuhl um, sondern spannt die Muskeln in euren Beinen so fest an, wie es euch nur möglich ist. Und jetzt entspannt die Muskeln wieder, lasst sie locker. Wackelt mit den Beinen und zappelt mit den Zehen. ◀

Bei allen Übungen ruhig und gleichmäßig weiteratmen, auch wenn die Muskeln angespannt sind. Noch besser ist es, in die angespannten Muskeln hineinzuatmen und sie durch diese Kraft noch mehr zu stabilisieren.

Tarzan

Vorlesetext

▶ Ihr kennt bestimmt Tarzen, den Helden des Dschungels. Tarzan hat sich immer, wie seine Freunde, die Affen, mit Lianen von Baum zu Baum geschwungen. Ihr sitzt schön locker da und beugt euch ganz weit nach vorn. Ihr habt die Augen offen und atmet gleichmäßig. Mit dem Po bleibt ihr auf dem Stuhl, und mit den Händen fasst ihr bis zu den Füßen hinunter. Stellt euch vor, dass ihr plötzlich eine Liane zu greifen bekommt. Nehmt die Liane in die Hände und zieht euch Stück für Stück an ihr hoch. Ihr bleibt erst vorgebeugt sitzen, aber langsam zieht ihr euch mit der Liane vom Stuhl hoch, bis ihr steht. Zieht euch noch weiter an der Liane hoch, ganz hoch, bis ihr auf den Zehenspitzen steht. Ihr wollt ganz weit hoch bis zum nächsten Ast am Baum und macht euch richtig lang.

Langsam lasst ihr euch wieder an der Liane herunter und setzt euch wieder hin. Entspannt euch, schüttelt die Arme und Beine, wackelt mit den Zehen und schüttelt die Hände. Jetzt spürt ihr in euch Wärme und seid wieder fit. ◀

Tarzan hat auch eine Gefährtin namens Jane, die sich genauso an Lianen durch den Urwald schwingt wie er und Tieren und Menschen in Gefahr zu Hilfe kommt.

Phantasiegeschichten zur Entspannung

Die Handlung einer Geschichte macht es den Kindern leichter, sich zu konzentrieren. Sie können sich mit den Hauptpersonen identifizieren und so die Problembewältigung sofort für sich übernehmen. Die meisten Geschichten lassen sich außerdem beliebig variieren und ergänzen.

Neben den sensorischen Entspannungsübungen eignen sich imaginative Verfahren für Vorschulkinder besonders gut. Phantasiegeschichten sind bei der Entspannung für kleinere Kinder das wichtigste Medium. In eine Geschichte eingebettet, erlebt das Kind die anstrengenden, spannenden und entspannenden Situationen der handelnden Hauptfigur nach. Anders als bei der Visualisierung, bei der mit wenigen Angaben imaginäre Bilder entstehen, wird bei einer Phantasiegeschichte das Kind durch die Erzählung geleitet, und wie nebenbei fließen Entspannungs- und Vorsatzformeln ein. Bei den themenbezogenen Phantasiegeschichten stehen bestimmte Problemkomplexe im Vordergrund. Neigt das Kind zu aggressivem Verhalten, ist es oft ängstlich oder scheu zurückhaltend, kann das in einer Geschichte behandelt werden. Dabei gerät die Hauptfigur in eine Situation, die Aggression oder Angst auslöst, und bewältigt diese Situation mit Hilfe von Entspannungsmethoden und einem Merkspruch wie etwa »Ich weiß, ich kann, und bleibe dran« oder »Nur ruhig Blut, und alles geht gut«.

Hilfe bei Krisen

In angstbesetzten Situationen hemmen sich Kinder ebenso wie Erwachsene durch eine negative Grundeinstellung zum Problem. Die Überzeugung, zu dumm für etwas zu sein, etwas sowieso nie zu schaffen, ist so bequem wie fatal. Sie hemmt das Angehen und Lösen eines Problems und verhindert so auch die Chance, aus einem Misserfolg zu lernen. Durch den Beispielcharakter der handelnden Figuren und die positiv formulierten Merksprüche erhalten die Kinder eine wichtige Unterstützung. Die Übertragung des Gehörten ins Alltägliche fällt den Kindern leicht. Sofort erkennen sie Situationen, in denen sie wie die Figur einer Geschichte handeln könnten oder mit Hilfe eines Merkspruchs Mut finden.

Mit der Forderung der Erwachsenen, sich doch nicht so kindisch zu benehmen oder vernünftig zu sein, ist ein Vorschulkind oftmals überfordert. Schließlich hat es keine Wahl und verhält sich nur seinen Gefühlen entsprechend. Zu dem Problem kommt dadurch meist noch ein Schamgefühl hinzu.

Tips zur Durchführung

- Beim Vorlesen der Phantasiegeschichten ist jedes Kind ganz bei sich. Das heißt auch, dass anders als etwa bei der Muskelentspannung die Anrede in der Duform verwendet werden sollte. Jedes Kind erlebt die Geschichte für sich allein und malt sie in seiner Phantasie ganz individuell aus. Diese Art der Entspannung eignet sich also gleichermaßen für Kindergruppen wie auch für einzelne Kinder.
- Beim Hören der Entspannungsgeschichten sollten die Kinder nicht aufgedreht sein. Machen Sie mit ihnen zuvor ein paar körperliche Entspannungsübungen, ein paar Bewegungsübungen bzw. -spiele. Am Schluss der Geschichte sollte eine Überleitung zum Alltag geschehen, etwa mit ein paar Fragen zur Geschichte, oder es folgt ein ruhiges Musikstück zur weiteren Entspannung.
- Ein paar Aktivierungsbewegungen am Ende der Entspannungssitzung machen die Kinder wieder fit für den Alltag.

Kennen Sie noch weitere Merksätze? Erfinden Sie sie zusammen mit Ihren Kindern, und bauen Sie weitere Geschichten drumherum. Solche Ermutigungen lassen sich auch ins Federmäppchen oder an den Spiegel kleben. Dann wird man immer wieder daran erinnert.

Merksätze

Merksätzen kommt bei der Entspannung für Kinder eine wichtige Rolle zu. In einem solchen Spruch konzentriert sich die Ruhe- und Entspannungserfahrung, die die Kinder während der Übungen erleben. Ähnlich den Vorsatzformeln beim autogenen Training stehen beim Entspannungstraining für Kinder oftmals kurze Merksätze im Mittelpunkt. Nach mehrmaliger Wiederholung und der Vertiefung des Entspannungserlebnisses wirkt dieser Spruch allein schon wie ein Signal zur Entspannung.

»Mit Mut –
geht's gut«

»Konzentriert –
geht's wie geschmiert«

»Mit etwas Kraft –
wird's leicht geschafft«

»Ich geb nicht auf –
und komme drauf«

»Eins, zwei, drei –
Angst geht vorbei«

»Eins, zwei, drei –
gute Laune herbei«

»Ich weiss ich kann –
und bleibe dran«

»Nur ruhig Blut –
und es geht gut«

»Genaues Schauen –
hilft mir vertrauen«

»Nicht verzagen –
und was sagen«

Entspannungsgeschichten

Das Eichhörnchen und die Schnecke

Eine kleine Geschichte, mit der den Kindern leicht zu zeigen ist, wie man sich nicht die gute Laune verderben lässt und wie man auf andere Rücksicht nimmt.

Vorlesetext

▶ »Ich gehe zum Bach«, ruft das kleine Eichhörnchen, und schon ist es aus dem Eichhörnchenbau geschlüpft, den Baum hinuntergeklettert und steht auf der duftenden Wiese. »Was für ein toller Tag«, murmelt es vor sich hin. Es ist tatsächlich ein strahlend schöner Nachmittag, die Sonne scheint, und es ist warm. Das kleine Eichhörnchen läuft schnell los zum Bach, quer über die Wiese mit den duftenden Blumen und dem saftigen Gras. Es läuft und läuft, und plötzlich stolpert es über irgendetwas und fällt auf den Bauch. Verwundert schaut sich das kleine Eichhörnchen um, über was es denn gestoplpert ist. Da hört es ein leises Grummeln und Schimpfen.

Das kleine Eichhörnchen ist ein aufgeweckter Bursche, und es macht ihm nichts aus, mal einen Fehler zuzugeben und sich bei der Schnecke zu entschuldigen. Schließlich war es auch nicht absichtlich geschehen, und beim nächsten Mal kann es sich ja dann anders verhalten. Und durch sein Interesse am Haus der Schnecke versöhnen sie sich.

»Also so was, das ist ja wohl … ganz ruhig bleiben … also so was!«, tönt es aus einem Schneckenhaus. Das kleine Eichhörnchen ist also über die Schnecke gestolpert!

»Oh, Entschuldigung, ich habe dich nicht gesehen«, stammelt das kleine Eichhörnchen und streichelt das Schneckenhaus.

»Jaja, das habe ich gemerkt. Immer auf die Langsamen. Zum Glück habe ich mein Haus.«

»Tut mir ehrlich Leid. Ja, so ein Haus ist praktisch, es schützt gut, nicht?«

»Jaja, natürlich. Aber nicht nur das, nicht nur das.« Die Stimme der Schnecke klingt schon freundlicher, und sie kommt langsam aus ihrem Haus. »Vor allem kann ich mich in mein Haus zurückziehen, wenn ich mich ärgere. Wenn man nicht so schnell ist, wird man gern gehänselt. Früher war das viel schlimmer, denn ich habe mich oft lange deswegen aufgeregt. Schließlich kann ich nichts dafür, ich bin ja von Natur aus langsam. Aber ich bin von Natur aus auch klug, und deshalb ziehe ich mich einfach in mein Haus zurück, wenn ich mich ärgere. Das hilft. Ich warte einfach ein bisschen in meinem Haus, bis der Ärger verraucht ist, dann komme ich wieder heraus. Was machst du eigentlich, wenn du dich ärgerst?«

»Och«, sagt das kleine Eichhörnchen, »ich ärgere mich eigentlich nie. Aber wenn ich mal eine Wut bekomme, dann mache ich einfach die Augen zu und sage ein paar Mal ›Eins, zwei, drei, gute Laune herbei‹ vor mich hin. Das ist ein Zauberspruch, mit dem man Ärger und Wut vertreiben kann.«

»Das ist gut.« Die Schnecke ist ganz aus dem Häuschen. »Das ist wirklich gut. Genauso gut wie mein Haus.« Die Schnecke kriecht langsam weiter. »Ich muss gehen, kleines Eichhörnchen, ich habe noch einen langen Weg.«
»Auf Wiedersehen, Schnecke. Und entschuldige noch mal …«
»Schon gut. Danke für deinen Zauberspruch. ›Eins, zwei, drei, gute Laune herbei‹ ist wirklich gut. Ach übrigens, ich hätte für dich auch einen Spruch. Wie wär´s mit ›Augen auf bei schnellem Lauf‹? Dann siehst du mich beim nächsten Mal vielleicht rechtzeitig.« Die Schnecke kichert.
Das kleine Eichhörnchen läuft weiter. »Kein schlechter Spruch ›Augen auf bei schnellem Lauf‹, den merke ich mir.« Tatsächlich schaut es jetzt genauer, wohin es läuft, und so kommt es schließlich wohlbehalten am Bach an. Das Wasser plätschert über die Steine, die Sonne spiegelt sich im Bach und wirft glitzernde Strahlen ins Gras.
»Ob ich wohl über den Bach drüberspringen kann?«, denkt das Eichhörnchen. »Aber wenn ich hineinfalle, werde ich nass.« Unschlüssig läuft es am Ufer hin und her. »Eigentlich bin ich doch schon ganz schön stark«, spricht es sich selbst Mut zu.
»Ha, mit etwas Kraft wird´s leicht geschafft.« Es nimmt einen großen Anlauf, sammelt allen Mut und seine ganze Kraft und springt mit einem Satz über den Bach. Schwer atmend, aber stolz steht es auf der anderen Seite.
Der Zusammenstoß mit der Schnecke hat das kleine Eichhörnchen doch ein bisschen mitgenommen. Außerdem ist es den ganzen Weg bis zum Bach gerannt, und jetzt hat es sich eine Pause verdient. Es legt sich ins warme Gras. Die Sonne scheint auf das kleine Eichhörnchen, auf seine Arme und Beine und auf seinen Bauch. Die Arme und Beine sind schön warm, und auch der Bauch ist schön warm. Alles ist warm. Der Bach plätschert beruhigend, und das kleine Eichhörnchen fühlt sich warm und schwer. Spürst du, wie angenehm warm und geborgen sich das Eichhörnchen fühlt? Es atmet tief ein und wieder aus, ganz ruhig atmet das kleine Eichhörnchen. Tief ein … und gründlich wieder aus. Es hat die Augen geschlossen und träumt von der Schnecke und anderen Dingen auf der großen Wiese.
Nach einer Weile wird das kleine Eichhörnchen wieder wach. Es streckt sich und reckt sich und ist wieder munter. Genauso munter, wie du jetzt wieder bist. Der Nachmittag ist schon beinahe vorbei. Das kleine Eichhörnchen steht auf und läuft wieder zurück nach Hause, zum Eichhörnchenbau. Aber jetzt läuft es viel aufmerksamer, denn es denkt jetzt immer an den Spruch der Schnecke: »Augen auf bei schnellem Lauf.« ◀

Wenn ihr etwas Aufregendes erlebt oder euch geärgert habt oder traurig seid, ist es sehr oft wichtig, sich auszuruhen und eine Pause zu machen, bevor man sich aufmacht, um das Problem anzugehen oder sich an neue Aufgaben zu machen. Denn dann habt ihr wieder genügend Kraft.

Der junge Spatz

In dieser Episode lernen besonders ängstliche Kinder, dass sie sich mit einer kleinen Portion Mut mehr zutrauen können, als sie selbst vielleicht glauben.

Vorlesetext

▶ Gemütlich und geborgen sitzt der junge Spatz im Nest und genießt die Sonne, die auf ihn herunterscheint. Da hört er plötzlich Mama Spatz rufen: »Spätzchen, es ist Zeit, dass du deinen ersten Ausflug machst.«

»Huch, was ist denn jetzt los«, denkt der junge Spatz. Er tschilpt ängstlich zu seiner Mama, die auf dem Ast sitzt: »Mama, du weißt, ich kann doch noch gar nicht fliegen.«

»Doch. Sicher kannst du das. Du weißt es nur nicht. Du hast es ja noch nicht versucht. Aber keine Angst. ›Mit Mut geht´s gut‹, denkst du dir einfach. Und du wirst sehen, es geht.«

Der junge Spatz ist aus dem Nest geklettert und trippelt unruhig auf dem Ast hin und her. Mama Spatz ist schon losgeflogen und pickt unten in der Wiese Blumensamen auf. »Komm nur«, ruft sie. »Und denk dran: Mit Mut geht´s gut.« Unschlüssig hüpft der junge Spatz auf dem Ast hin und her. »Mit Mut geht´s gut, mit Mut geht´s gut«, flüstert er vor sich hin.

Sich Herausforderungen zu stellen erfordert einiges an Mut und Durchhaltevermögen. Ermutigungen stärken den Glauben an sich selbst.

Auch wenn sie nur ein paar Gramm wiegen und ganz winzig und zart sind: Spatzen gehören zu den Vögeln, die den Winter bei uns aushalten können.

Er schließt kurz die Augen und holt tief Luft. Dann breitet er seine Flügelchen aus und flattert los. Tatsächlich! Es klappt! In einem sanften Bogen fliegt der junge Spatz hinunter zur Wiese und landet sanft im Gras. »Unglaublich. Ja, Spatzen können fliegen«, denkt er, »ich habe mich nur nicht getraut, aber mit ein bisschen Mut geht´s gut.« Vergnügt hüpft er über die Wiese zu seiner Mama. Der junge Spatz zwitschert vor Freude. »Das war schon ganz gut«, sagt Mama Spatz. »Jetzt musst du nur noch ein bisschen üben, dann kannst du´s noch viel besser.«

Nach ein wenig Schlaf ist der kleine Spatz wieder tatendurstig.

Und so verbringt der junge Spatz den Rest des Tages damit umherzuflattern. Er flattert auf den untersten Ast des Baums. Von dort sieht er eine Sonnenblume und denkt sich: »Jetzt besuche ich die Sonnenblume.«

Beim ersten Mal verfehlt er sie und landet im Gras. Aber beim zweiten Mal landet er ganz oben auf der Sonnenblume. Die wiegt sich aber so stark hin und her, dass er gleich wieder weiterfliegt. »Ich habe schon Mut«, denkt der junge Spatz, »aber für so eine wackelige Sonnenblume habe ich noch zu wenig Übung.«

Dann fliegt er hinüber zur großen Tanne. Dort landet er oben, direkt neben der alten Eule, die hier ihre Tage verschläft, weil sie jede Nacht wach ist. Die alte Eule erschrickt, als der junge Spatz angeflattert kommt.

»Schuhuu, was machst du denn hier? Bist du nicht der junge Spatz vom Birnbaum? Du kannst schon fliegen?«

»Klar kann ich das«, antwortet der junge Spatz. »Mit Mut geht´s gut.«

Und schon flattert er weiter, wieder hinunter in die Wiese.

Durch das viele Umherflattern wird der junge Spatz müde. Langsam fühlt er seine Flügel schwer werden. Und auch die Beine werden ganz schwer. Er flattert zurück zum Nest. Ganz bequem legt er sich ins Nest. Spürst du, wie wohl er sich fühlt? Überall wird ihm warm, und alles wird schwer. Die Flügel werden schwer, die Beine werden schwer. Der junge Spatz träumt von den Erlebnissen des Tages. Die schweren Augenlider fallen ihm zu, er atmet ruhig und gleichmäßig und denkt ans Fliegen. Er fühlt sich richtig gut und warm. Fühlst du, wie er sich warm und gut fühlt, wie ruhig er atmet? Du fühlst dich genauso schwer und warm, dein Atem geht ruhig, du atmest langsam ein und langsam wieder aus.

Nach einer Weile kommt Mama Spatz angeflogen. »Na, Spätzchen, habe ich es dir nicht gesagt? Mit Mut geht´s gut.« Der junge Spatz reckt sich und streckt sich, schüttelt die Flügel und die Beine und ist wieder munter. Er will noch ein paar Runden fliegen, bevor es Abend ist. ◀

Das Eichhörnchen macht eine Wanderung

Eine Geschichte zum Träumen und Entspannen. Die Kinder begleiten das Eichhörnchen auf seinem Spaziergang zum Wald.

Vorlesetext

▶ Das kleine Eichhörnchen hat sich vorgenommen, endlich einmal auszukundschaften, was hinter dem Wald ist, der neben der Wiese liegt. Es ist deshalb früh aufgestanden, den Baum hinuntergeklettert und über die Wiese zum Waldrand gelaufen. »Wenn ich so schnell weiterlaufe«, denkt sich das kleine Eichhörnchen, »werde ich viel zu schnell müde und komme nicht weit auf meiner Wanderung.« Deshalb geht es schön langsam weiter. Schritt für Schritt geht es den Waldweg entlang. Es atmet ruhig und tief und geht langsam weiter. Im Wald ist es still, und das kleine Eichhörnchen geht gemächlich auf dem weichen, mit Tannennadeln gepolsterten Weg weiter durch den Wald. Die Bäume werden höher und immer dichter, gedämpftes Licht fällt durch die Tannen auf den Weg.

Wer immer mit dem Auto unterwegs ist, bekommt gar nicht mit, was sich so alles in der Natur tut. Gehen Sie mit Ihren Kindern über Sommerwiesen, bleiben Sie stehen, setzen Sie sich hin, erzählen Sie die Geschichte vom Eichhörnchen, und hören und sehen Sie sich das Treiben im Wald und auf der Wiese an.

Zwischendurch singt ein Vogel. Das kleine Eichhörnchen bleibt stehen, schließt die Augen, atmet tief ein und aus und genießt die Stille und die Waldluft, die nach Erde und Tannennadeln duftet. Es fühlt sich wohl und kräftig, und es ist gespannt, was nach dem Wald kommt. Langsam geht es weiter, und nach einer Weile wird der Wald immer heller, die Bäume stehen weniger eng und werden immer kleiner. Der Wald ist zu Ende, und das kleine Eichhörnchen steht vor einer Wiese.

Die Wiese steigt leicht an, sie führt zu einem Hügel hinauf. »Bestimmt hat man von diesem Hügel einen guten Blick über die Gegend«, denkt sich das kleine Eichhörnchen. Es geht gemächlich weiter über die Wiese, im Rhythmus seines ruhigen Atems. Auf der Wiese weiden ein paar Kühe, erst sieht sie das kleine Eichhörnchen nicht und hört nur ihre Glocken, aber schließlich tauchen sie auf. Es sind prächtige schwarzbunte und braune Kühe, die laut schnaubend und mahlend das saftige Gras und die duftenden Kräuter der Wiese fressen.

Auf der Wiese blühen bunte Blumen, Schmetterlinge wiegen sich im sanften Windhauch, und eine Feldlerche steigt, ihre Lieder schmetternd, zum Himmel. Das kleine Eichhörnchen bleibt stehen, schließt die Augen, lauscht auf die Geräusche und atmet den Duft der blühenden Sommerwiese tief ein. Es fühlt sich wohl und warm.

Dann geht es weiter den Hügel hinauf, schön langsam, Schritt für Schritt. Es ist nicht mehr weit bis zur Spitze des Hügels. Einen Schritt nach dem anderen geht das Eichhörnchen durch die Wiese und atmet tief und gleichmäßig. Schließlich steht es oben auf dem Hügel. Tatsächlich sieht man ziemlich weit

Diese possierlichen Tierchen sind ungeheuer flink und geschickt. Blitzschnell laufen sie einen Baumstamm hinauf und springen von einem Ast zum anderen. Dabei brauchen sie ihren schönen buschigen Schwanz zum Steuern.

von hier oben. Das Eichhörnchen schaut zurück und sieht den Wald, durch den es gegangen ist, dunkelgrün vor sich liegen. Die Wiese ist hellgrün mit vielen bunten Blumen. Auf der anderen Seite des Hügels geht der Wald weiter. Dahinter liegt ein grünblauer See, auf dem ein paar Enten schwimmen. Über allem strahlt die Sonne von einem blauen Himmel, und ein paar weiße Wolken stehen am Horizont.

Das Eichhörnchen fühlt sich müde nach dieser langen Wanderung. Es legt sich auf der Spitze des Hügels ins Gras. Die Sonne scheint warm auf das Eichhörnchen, auf seine Arme, seine Beine, den Bauch, den ganzen Körper. Es ist ganz ruhig und atmet gleichmäßig und tief ein und wieder aus. Ganz gleichmäßig ein und wieder aus. Seine Beine werden schwer, und seine Arme werden schwer. Spürst du, wie schwer seine Arme und Beine werden? Es fühlt sich angenehm warm und geborgen, müde und schwer. Es hat die Augen geschlossen und ruht sich aus.

Das kleine Eichhörnchen spürt nach und nach wieder mehr Kraft in sich. Nachdem es eine Weile im Gras gelegen hat, spürt es die Energie in seinen Armen und Beinen, seinem Bauch und Rücken, und es riecht auf einmal das frische Gras, in dem es liegt. Es steht wieder auf, schaut sich noch einmal um und genießt die schöne Aussicht. Dann macht es sich wieder auf den Rückweg, heim zum Eichhörnchenbau auf der Wiese. ◀

Mit Phantasiegeschichten kann ein Kind so gut imaginieren, dass es die Umwelt ganz vergisst. Es entspannt sich tief, erschöpfte Energiereserven werden wieder aufgeladen, und es kehrt zuversichtlich, mit Selbstvertrauen und neuem Schwung in den Alltag zurück.

Schlittenfahrt

Eine »Mut-mach-Geschichte«. Die kleinen Zuhörer erfahren, dass sich mit dem notwendigen Glauben an sich selbst und seine eigenen Fähigkeiten fast alles erreichen lässt.

Vorlesetext

Die Schwere des Körpers zeitweise abzugeben vermittelt auch seelisch ein Gefühl von Unbekümmertheit. Grenzen sind aufgehoben, und plötzlich ist alles möglich. Die Begrenzungen, denen alle anderen unterworfen sind, haben für einen selbst keine Gültigkeit. Wenn die Gesetze des Alltags aufgehoben sind, ist Raum für Kreativität.

▶ Du ziehst den Vorhang zurück, schaust hinaus und siehst, dass draußen alles weiß ist. Überall liegt dick der Schnee. Schnell ziehst du dich an: warme Hosen, ein Wollpullover, die Schneejacke und die Schneestiefel, Handschuhe, Schal, Mütze. Und schon geht´s hinaus mit dem Schlitten zum nahen Hügel. Du stapfst durch den tiefen Schnee. Bei jedem Schritt sinkst du ein bis über die Knöchel. Schritt für Schritt kämpfst du dich voran, den Schlitten ziehst du hinter dir her. »Nur langsam und gleichmäßig atmen, dann kommt man am weitesten«, denkst du. Ringsherum glitzert der Schnee in der Sonne. Die Kamine haben dicke Schneemützen auf, und selbst in die Maschen des Drahtzauns hat sich der Schnee gehockt. Immer weiter stapfst du, und der Hügel beginnt jetzt leicht anzusteigen. Hier liegt der Schnee sogar noch tiefer. Du sinkst an manchen Stellen bis fast zum Knie ein, auch der Schlitten lässt sich immer schwerer ziehen. »Mit Kraft ist´s bald geschafft«, denkst du dir, »mit Kraft ist´s bald geschafft.« Du bleibst stehen und atmest tief durch.

Die Tannenbäume sind schwer beladen mit der weißen Last, ihre Zweige hängen stark nach unten. Dir ist warm geworden vom Gehen; es ist anstrengend, durch den Schnee zu stapfen. »Mit Kraft ist´s bald geschafft«, denkst du und gehst weiter, Schritt für Schritt. Jeder Schritt ein Atemzug, setzt du einen Fuß vor den anderen und ziehst den Schlitten hinter dir her. Mit beiden Händen ziehst du ihn, und du spürst, dass deine Hände immer schwerer werden. Deine Arme werden schwer, und deine Schultern werden schwer. Auch deine Beine fühlen sich schwer an. Du atmest ruhig und gehst Schritt für Schritt weiter. Schließlich bist du oben auf dem Hügel angekommen. Du setzt dich auf deinen Schlitten und ruhst dich aus. »Mit Kraft geschafft«, denkst du. Tief atmest du ein und aus. Du spürst, dass deine Hände und Arme, die Schultern, Füße, Beine, dass alles warm ist. Du schiebst deine Mütze etwas hoch und lässt deine Stirn im leichten Wind abkühlen. Du sitzt auf deinem Schlitten und schaust dich um. Von hier oben hast du einen wunderbaren Blick.

Du bist ruhig und entspannt und betrachtest die Gegend. Dann rückst du den Schlitten zurecht und schiebst ihn an. Du fährst den Hügel hinunter und wirst immer schneller. Es ist ein tolles Gefühl, du hast überhaupt keine Angst. Der Fahrtwind ist kühl, aber du bist gut eingepackt. So rast du den Hügel hinunter und freust dich über den Schnee, die Sonne und diesen schönen Tag. ◀

Mondflug

Diese Reise zum Mond versucht, den Kindern unterschiedliche Körpergefühle, wie beispielsweise die Schwerelosigkeit, zu vermitteln, und lässt außergewöhnliche Bilder einer so ganz anderen Welt entstehen.

▶ Stell dir vor, dass du eine Reise zum Mond unternimmst. Zum Mond kommt man nicht ohne weiteres, sondern man reist in einer Rakete dorthin. Zuerst ziehst du einen Raumanzug an. Der Raumanzug ist dick und glänzt silbern. Du steigst hinein, zuerst mit den Füßen, dann steckst du die Hände in die Ärmel, zum Schluss ziehst du den Reißverschluss zu. Jetzt kommen noch dicke, schwere Stiefel an die Füße. Die Stiefel haben Bleiplatten in den Sohlen, denn auf dem Mond wiegst du viel weniger als auf der Erde. Die Anziehungskraft ist dort viel geringer, und wenn du nicht schwere Gewichte an den Füßen hättest, würdest du davonfliegen.

Du ziehst deine Raumhandschuhe an und bekommst deinen Helm aufgesetzt. Der Helm ist eine große Kugel aus verdunkeltem Glas. Du kannst ohne Schwierigkeiten hindurchschauen, aber von außen können keine schädlichen Strahlen durch das Glas dringen. Zum Schluss wird dir das Sauerstoffgerät auf den Rücken geschnallt, denn auf dem Mond gibt es keinen Sauerstoff. In dem Raumanzug fühlst du dich wohl. Er schützt dich und ist bequem. Du hörst kaum noch etwas, denn der Helm lässt kaum Geräusche durch. Die Sauerstoffversorgung funktioniert gut, du atmest gleichmäßig und ruhig.

Vorlesetext

Auch körperliche Beschwerden verschwinden auf einmal. Die Gelenke sind in der Schwerelosigkeit frei beweglich, das Skelett muss keine Arbeit leisten, die Muskulatur ist völlig entspannt.

Wenn eine Gutenachtgeschichte den Übergang vom Wachen zum Schlafen erleichtert, gibt es kaum Probleme mit nächtlichen Ängsten.

Die Schlafbereitschaft wird gefördert und die Schlafqualität verbessert, denn die Kinder können die Bilder aus den Geschichten mit in den Schlaf nehmen. Die Phantasien gehen leicht in das Traumgeschehen ein, der Alltagsstress wird ausgeschaltet, und die Schlaftiefe nimmt zu.

Jetzt bist du für den Mondflug gerüstet und wirst zur Mondrakete gebracht. Du musst nur wenige Schritte gehen, doch das fällt dir nicht leicht, denn die Ausrüstung ist sehr schwer. In der Rakete angekommen, schnallst du dich auf dem Sitz fest. Durch ein Fenster siehst du in den Himmel. Die Rakete zündet, und du wirst in den Sitz hineingedrückt, als sie losrast.
Mit unglaublicher Geschwindigkeit schießt die Rakete durchs Weltall und fliegt in einem großen Bogen auf den Mond zu. Du siehst durch das Fenster die Erde unter dir. Die großen Meere leuchten blau herauf, das Land sieht braun aus, und weiße Wolken verdecken einen Teil deines Heimatplaneten. Langsam näherst du dich dem Mond. Automatisch steuert die Mondrakete auf ihn zu und leitet die Landung ein. Du landest sanft und sicher auf dem Mond und steigst aus der Rakete aus. Vorsichtig gehst du in langsamen Schritten über den Mond. Es ist ein ganz neues Gefühl, so viel leichter zu sein. Dank deiner schweren Schuhe verlierst du nicht so leicht den Bodenkontakt, aber du kannst mit wenig Kraftaufwand große Schritte machen. Mehrere Meter weit kannst du hüpfen, trotz deines auf der Erde so schweren Raumanzugs. Du atmest gleichmäßig und ruhig und bewegst Arme und Beine langsam und vorsichtig. Die Mondoberfläche, über die du gehst, ist eintönig braun. Sie besteht aus Gestein und Staub. Nirgends fließt ein Fluss, wächst ein Baum oder ein Busch, kein Grashalm ist zu sehen und kein einziges Tier.
Du hebst ein paar Steine vom Boden auf und steckst sie in eine Tasche deines Raumanzugs. Vom Mond aus kannst du weit ins Weltall blicken, keine Wolken verdecken die Sicht. Nach einer Weile kehrst du wieder zurück zur Mondrakete. Du steigst ein und schnallst dich wieder auf deinem Sitz fest. Automatisch startet die Rakete und fliegt wieder auf die Erde zu. In einem großen Bogen fliegst du durchs Weltall und genießt den herrlichen Blick auf Mond und Erde. Nach einem langen Flug landest du wieder wohlbehalten auf der Erde.
Du steigst aus deinem Raumanzug, und erst jetzt spürst du, wie anstrengend dieser Mondflug war. Auf der Erde ist alles wieder viel schwerer, der Raumanzug ist schwer, deine Arme und Beine sind schwer, und du bist erschöpft. Du legst dich erst einmal hin und erholst dich von den Strapazen dieser Mondreise. Mit ruhigen, gleichmäßigen Atemzügen liegst du da, spürst Wärme und Schwere in dir. Du träumst von deinem Mondflug und von dem herrlichen Blick, den du von der Rakete aus hattest.
Du fühlst dich wohl und spürst die Kräfte in dir wieder wachsen. Schließlich atmest du ein paar Mal tief ein und aus, streckst dich und reckst dich und bist wieder fit. Neben dir liegen die Steine, die du vom Mond mitgebracht hast. ◀

Geschichten als Einschlafhilfe

Wenn Kinder nicht einschlafen können, müssen selbstverständlich zuerst körperliche Faktoren als Ursache in Betracht gezogen werden. Weit häufiger ist jedoch beispielsweise ein Mangel an Bewegung und frischer Luft dafür verantwortlich. Außerdem haben Kinder oft das Gefühl, beim Schlafen etwas zu versäumen. Daher werden sie mit zunehmender Müdigkeit reizbar und weinerlich. Sie kämpfen gegen die erlahmende Kontrolle über ihren Körper an mit teils hektischen, unkontrollierten Aktionen und können richtig »überdrehen«. Dagegen helfen feste Einschlafrituale wie etwa das Umziehen und Für-die- Nacht-verabschieden von den restlichen Familienmitgliedern sowie das Singen eines Gutenachtliedes und das Vorlesen oder Erzählen einer Gutenachtgeschichte.
Die folgenden Geschichten sind als Einschlafhilfe gedacht und wenden sich also vor allem an Eltern. Einschlafgeschichten enden harmonisch und verlangen in der Regel keine Nachbesprechung, so dass Ihr Kind sanft in die Traumwelt hinübergeleitet wird.

Einschlafschwierigkeiten haben ähnlich wie Konzentrationsstörungen mit den Gedanken zu tun. Sie können entweder nicht losgelassen oder nicht auf einen Punkt gebündelt werden. Und letztlich stehen sie in unheilvoller Wechselwirkung, denn wer schlecht schläft, kann sich schlecht konzentrieren.

Wenn Kinder einschlafen sollen

Kindliche Einschlafprobleme sind meist kein Grund zur Besorgnis. Nach einem erlebnisreichen Tag fällt es Kindern oft schwer, sich aus der Familiengemeinschaft zu verabschieden. Gewöhnen Sie das Kind konsequent an ein Zubettgehen zu einer festen Zeit, das nach einem bestimmten Ritual ablaufen sollte.

Lesen Sie ihm möglichst eine Gutenachtgeschichte vor, oder reden Sie mit ihm über den vergangenen Tag, was besonders schön war, was Ihr Kind als merkwürdig oder vielleicht ängstigend empfunden hat. Gerade im Vorschulalter haben Kinder eine sehr rege Phantasie, sie nehmen viel auf und verstehen das meiste noch nicht richtig, versuchen aber, für sie sinnvolle Zusammenhänge zu konstruieren. Beim Einschlafen kann es dann vorkommen, dass Ihr Kind von den Tagesgeschehnissen überwältigt wird und noch einiges fragt. Klären Sie die wichtigsten Punkte, und überzeugen Sie es, dass der Schlaf jetzt genau das ist, was es braucht.

Die Maulwurfswiese

Vorlesetext

Kinder müssen sich beim Einschlafen geborgen fühlen. Oft kommen sie sich abgeschoben und in der Dunkelheit allein gelassen vor. Dann hilft ein kleines Nachtlämpchen. Und vor allem: Keine aufregenden Spiele mehr vor dem Zubettgehen.

▶ Weißt du, woran man sieht, dass Maulwürfe in einer Wiese leben? An den braunen Erdhügeln, die auf der Wiese stehen. Jeder dieser Maulwurfshügel führt in das unterirdische Reich dieser kleinen, dunklen Tiere. Der Maulwurf gräbt sich durch die Wiese, und ab und zu kommt er hoch und wirft die Erde, die ihn beim Gängegraben stört, auf die Wiese. Er braucht viel Kraft, um sich durchs Erdreich zu wühlen.

Der Maulwurf hat ein ganz dunkles, seidig glänzendes, weiches Fell, kräftige Vorderpfoten, einen spitz zulaufenden Kopf mit langen Schnurrbarthaaren und ein kurzes Stummelschwänzchen. Er ist ein viel beschäftigter und aktiver Arbeiter. Den ganzen Tag über gräbt und buddelt er seine Gänge, schiebt die Erde vor sich her, wirft einen Maulwurfshügel von unten hoch auf die Wiese und verschwindet wieder, um weiterzuarbeiten. Er sieht nicht sehr gut, aber unter der Erde ist es ja dunkel, und so braucht er nicht viel sehen zu können. Er orientiert sich mit seiner feinen Nase und den Schnurrbarthaaren. Wenn er das ein oder andere Mal aus einem seiner Maulwurfshügel hoch in die Sonne schaut, muss er blinzeln. Die Sonne ist ihm viel zu hell, da geht er viel lieber wieder hinunter in die Erde und gräbt weiter.

Wie fleißig der Maulwurf ist, das siehst du an der Maulwurfswiese. Auf ihr stehen viele Maulwurfshügel, und wenn du bedenkst, wie klein ein Maulwurf ist, dann kannst du dir vorstellen, wie viel Arbeit es für ihn ist, diese Hügel zu errichten. Das denkt auch sein Freund, das Eichhörnchen. Gerade kommt es vorbei, als der Maulwurf rückwärts aus seinem Bau kriecht und gelockerte Erde hinausbefördert. Dabei übersieht er das Eichhörnchen und bewirft es mit Erdklumpen. »Au, au, aufhören«, ruft das Eichhörnchen und hält sich die Arme über den Kopf. »Aber halt, das ist ja die Nuss vom letzten Herbst. Ich wusste nicht mehr, wo ich sie vergraben habe.« Und mit der Nuss im Arm eilt es schnell davon.

Nach einem Tag voller Arbeit läuft der Maulwurf durch seine unterirdischen Gänge in seinen Schlafbau. Diese Schlafkammer ist schön kuschelig. Er hat sie ausgelegt mit weichen Gräsern und warmen Federn. Er kriecht in dieses warme Nest und rollt sich zusammen. Er ist müde vom Graben, er gähnt und macht die Augen zu. Sein Atem geht langsam und gleichmäßig. Von ganz allein strömt der Atem ruhig in ihn hinein und wieder aus ihm heraus. Der Maulwurf fühlt sich schwer, und ihm ist schön warm. Er atmet ruhig und langsam, denkt an ein paar schöne Dinge und schläft sanft ein. Schon schläft er tief und fest und träumt davon, was er morgen alles machen will. ◀

Zur Beruhigung

Ängstigt sich Ihr Kind, lassen Sie die Tür einen Spalt auf und Licht im Flur brennen; geben Sie ihm ein Schmusetier als Beistand, und sagen Sie ihm, dass Sie nicht weit weg sind, wenn es Sie dringend braucht.

Am Ententeich

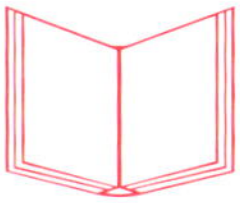

Vorlesetext

▶ Wie jeden Tag geht es auch heute hoch her am Ententeich. Mitten in der Wiese ist der Teich, und er ist gerade so groß, dass eine Entenfamilie samt Verwandtschaft Platz genug hat, um jeden Tag ausgiebig zu baden, zu tauchen, nach Futter zu suchen und laut schnatternd über den Teich zu fliegen.
Frühmorgens schon ist die ganze Entenfamilie unterwegs. Vorneweg schwimmen die großen Enten, und hinter ihnen her paddeln aufgeregt die kleinen Entchen. Sie kennen den Teich noch nicht so genau, und vieles sehen sie zum ersten Mal. Nachdem sie einmal gemeinsam um den Teich geschwommen sind, gehen die kleinen Entchen allein auf Entdeckungsreise.
Wer wohnt denn alles im Schilf? Sie watscheln durchs Schilf und entdecken die verschiedensten Vögel: Schwäne, Rohrdommeln, Bachstelzen und Reiher. Und welche Tiere leben im Wasser? Die Entchen tauchen und schauen nach. Vor allem Fische: Karpfen, Schleien, Forellen und kleine Elritzen. Aber auch Wasserschnecken, Krebse, Käfer und Kaulquappen. Zum Glück wohnt kein Hecht im Teich. Am wohlsten fühlen sich die Entchen im Wasser, und so schwimmen sie um die Wette quer über den ganzen Teich. Wer ist als Erster auf die andere Seite und zurück geschwommen? Sie tauchen, so tief sie können. Es fällt ihnen nicht schwer, die Luft eine Weile anzuhalten, und so kommen die meisten bis auf den Grund des Sees. Sie versuchen, Libellen und Fliegen zu fangen, doch die sind immer schneller als die Entchen.
Schließlich haben sie den ganzen Mittag herumgetollt, und inzwischen ist es Abend geworden. Von weitem sehen sie schon die erwachsene Verwandtschaft herbeischwimmen, die die kleinen Entchen nach Hause holt. Es ist Zeit, schlafen zu gehen. Bald danach kuscheln sich die Entchen schön warm ein. Sie sind müde vom Tag. Schwer und müde fühlen sie sich. Sie atmen ganz ruhig, und ihnen ist kuschelig warm. Die Augen fallen ihnen zu, und sie denken daran, was sie den Tag über gemacht haben. Und so schlafen die Entchen ein und träumen davon, was sie am nächsten Tag alles erleben werden. ◀

Die männliche Stockente hat einen wunderschönen grün schillernden Kopf und einen elegant aussehenden weißen Halsring. Enten gibt es überall auf der Welt.

Sternchens Reise

Vorlesetext

▶ Oben am Himmel, mitten in der Milchstraße, wohnt Sternchen. Schon immer wohnt Sternchen dort in der Milchstraße, denn es ist ein Fixstern. D.h., du kannst es dort oben immer finden. Sternchen war ganz zufrieden auf seinem Platz. Nachts funkelte es wie alle anderen Sterne zur Erde hinunter, in einem ganz besonderen, leicht bläulichen Glanz, der es von den anderen Sternen ein bisschen unterscheidet. Aber Sternchen bildete sich nichts darauf ein. Es wusste, dass es ein ganz normaler Fixstern war, der am Himmel zu stehen und zu leuchten hat. Trotzdem dachte Sternchen nach, wie es wohl woanders aussieht. »Schade«, dachte es sich manchmal, »dass ich hier nicht wegkann. Ich würde gern wissen, wie es in einem anderen Sternensystem aussieht.«

Eines Tages erschien wieder ein Himmelswanderer, ein Komet. Mit großem Gedröhn und einem mächtigen Schweif donnerte er durch die Milchstraße. Ganz nah an Sternchen flog er vorbei, und da konnte Sternchen nicht anders. Es reihte sich unter die Sterne ein, die den Schweif des Kometen bildeten. Mit großer Kraft wurde es mitgerissen und wirbelte durch die Luft. Hui, das ging geschwind. Es war die Ruhe in der Milchstraße gewöhnt, und hier wirbelte alles durcheinander. Es merkte, dass es doch keine gute Idee war, einfach so mit dem Kometen wegzufliegen.

»Nur ruhig Blut«, dachte sich Sternchen, »es wird schon eine Möglichkeit geben zurückzukommen, heim in die Milchstraße.«

Und tatsächlich. Der Komet machte einen großen Bogen und flog nah am Mond vorbei. Direkt über dem Mond ließ sich Sternchen aus dem Kometenschweif fallen. »Hallo, lieber Mond. Huhu, hier bin ich, hier.« Der Mond blickte sich um und sah Sternchen. »Wen haben wir denn da? Bist du nicht Sternchen aus der Milchstraße? Was machst du denn hier?« »Na ja«, antwortete Sternchen, »ich wollte mal raus aus der Milchstraße. Da kam gerade der Komet vorbei, und dann bin ich ein Stückchen mitgeflogen.«

»Das ist aber ein ganz schön weites Stückchen, das du da mitgeflogen bist. Dass du dich das getraut hast«, wunderte sich der Mond. »Mit etwas Mut ging´s ganz gut«, sagte Sternchen. »Aber jetzt will ich wieder zurück. Hier draußen gibt's ja gar nichts Interessantes.« »Gut, ich nehme dich mit«, lachte der Mond. Und so brachte der Mond Sternchen zurück. Sternchen war froh, wieder zu Hause zu sein. Mit dem Kometen zu reisen und mit dem Mond zurückzugehen, das war sehr anstrengend. In der Milchstraße fühlte sich Sternchen wieder richtig wohl. Es kuschelte sich hin, und es dauerte nicht lange, dann war Sternchen fest eingeschlafen. ◀

Bei den alten Kulturvölkern hatte die Milchstraße verschiedene Bedeutungen: Die Germanen dachten, es sei der Himmelsweg der verstorbenen Seelen, in Japan sah man darin einen Fluss mit fruchtbaren Ufern als Wohnsitz von Göttern, in Griechenland war es die Milch der Göttinnen – daher auch der Name –, und im europäischen Mittelalter meinten die Menschen, es sei ein Riss durch das Himmelsgewölbe.

Visualisieren und entspannen

Das ursprüngliche Anwendungsgebiet der Visualisierung nach Carl und Stephanie Matthews Simonton ist die Steigerung der körperlichen Selbstheilungskräfte durch Vorstellungsbilder. Inzwischen versteht man darunter weniger eine organmedizinische Begleittherapie, als vielmehr eine Vergegenwärtigung von Stimmungs- und Vorstellungsbildern allgemeiner Art zur Veränderung überkommener Verhaltensmuster.
Mit Hilfe der Vorstellungskraft, die im Alltagsleben aktiv eingesetzt wird, werden Hindernisse gedanklich überwunden und die Selbstwahrnehmung und Lebensqualität insgesamt gefördert. Kinder im Vorschulalter besitzen noch ein beträchtliches Maß an Phantasie; diese unerschöpfliche Quelle lässt sich zum einen dazu einsetzen, den Kindern ihr individuelles Entfaltungspotenzial besser erfahrbar zu machen, zum anderen können besondere Problembereiche wie irrationale Ängste, Übersensibilität, Hyperaktivität und Konzentrationsschwäche mit Hilfe der Visualisierung angegangen werden. Dabei steht im Vordergrund, ein bewussteres Selbstbild zu erhalten, sich einem Problem direkt oder indirekt zu stellen und es zu überwinden.

Phantasie ist jedem Menschen angeboren. Allerdings muss sie auch gepflegt werden. Mit zu vielen vorgefertigten Geschichten und Bildern kommt die Kreativität zu kurz. Der Verlust der Phantasie hat jedoch schwerwiegende Folgen für die Entwicklung der Individualität, das Selbstvertrauen und die Selbständigkeit. Über die Phantasie ist eine Rückbindung an tiefe Gefühle möglich, die dann bewusst werden und ins reale Alltagsleben Eingang finden.

Tips zur Durchführung

Sorgen Sie für eine ruhige Umgebung. Die Kinder sollten sich bequem hinsetzen oder auch auf eine Matte legen können. Das Kuscheltier darf auch zuhören.
Lesen Sie die Visualisierungstexte wie die Phantasiegeschichten mit ruhiger Stimme, und geben Sie den Kindern mit längeren Pausen Zeit, ihre Vorstellungsbilder zu gestalten.
Eine Visualisierung sollte stattfinden, wenn die Kinder bereits ein gewisses Entspannungsniveau erreicht haben, also am besten nach Atem- und Muskelentspannungsübungen. Haben die Kinder kein Bedürfnis, nach der Visualisierung über die Bilder zu sprechen, können Sie zum Abschluss der Sitzung ruhige Musik spielen.

Kleine Geschichten

Dein Traumgarten

Vorlesetext

▶ Stell dir vor, dass du einen eigenen Garten hast. Es ist ein Garten, der einfach für dich da ist und den du besuchen kannst, wann immer du willst. Um diesen Garten herum wächst eine schöne Hecke. Die Hecke hat ein dunkel leuchtendes Grün, und sie ist sehr hoch. In der Hecke ist ein kleines weißes Holztor, durch das du in den Garten kommst. Du machst das Tor auf, trittst hindurch und fühlst dich wohl und frei. Alle deine Sorgen und Probleme sind nicht mehr da, sobald du durch dieses Tor gegangen bist. Du trittst hindurch und fühlst dich leicht und wohl. Jetzt stehst du auf der Wiese in deinem traumhaft schönen Garten. Es ist schön warm, die Sonne lacht, das Gras ist grün, und viele bunte Blumen wachsen auf der Wiese.

Wenn Kinder nachts aufwachen, sind oft Ängste dafür verantwortlich, die in Form von Alpträumen aufgearbeitet werden. Schlafen sie jedoch abends in entspannter, ruhiger Atmosphäre ein, werden diese Ängste abgebaut und die schönen Bilder aus den Geschichten in die Traumwelt mitgenommen.

Du hast die Schuhe ausgezogen und fühlst die warme Erde und die zarten Grashalme an deinen Füßen. Ein paar große Bäume stehen in deinem Garten. Du gehst zu den Bäumen und schaust sie dir an. Sie gefallen dir. Stell dir die Bäume vor, wie sie dort stehen mit ihrer rauhen Rinde und ihren Schatten auf die warme Wiese werfen.

Du legst dich ins Gras in den Schatten einer der Bäume und atmest tief durch. Die Luft duftet frisch und strömt sanft in dich hinein. Du atmest tief und gleichmäßig, langsam fließt die Luft in dich hinein ... und kommt von allein wieder heraus.

Hörst du, wie die Vögel singen? Du siehst sie durch den Baum hüpfen. Es sind kleine Vögel, vielleicht Meisen oder Spatzen. Und auch ein paar größere. Sie zwitschern fröhlich und ausgelassen, und du fühlst dich warm, schwer und sehr wohl.

Ein bunter Schmetterling flattert dicht über dir vorbei und steigt höher und höher. Du schaust ihm nach, bis er sich in der Ferne verliert und du ihn nicht mehr sehen kannst. Du schließt die Augen und bist ganz entspannt.

Ganz in der Nähe fließt ein Bach durch deine Wiese. Du hörst, wie das Wasser plätschert und gluckert. Stell dir deinen Traumgarten richtig schön vor. Du weißt jetzt, dass du einen Ort hast, zu dem du immer zum Träumen und Entspannen gehen kannst. Dein Traumgarten wartet auf dich. Er ist nur für dich da, und du wirst noch einige Erlebnisse in deinem Traumgarten haben. Er hält ein paar schöne Überraschungen für dich bereit. Du musst einfach hingehen, an der hohen Hecke entlang, durch das kleine weiße Holztor, und sobald du auf der duftenden, warmen Wiese bist, fühlst du dich wohl und gut. ◀

Lassen Sie den Kindern Zeit, sich ihren Traumgarten auszumalen. Wenn die Kinder wollen, können sie erzählen, was sie noch alles in ihrem Traumgarten entdeckt haben.

Vorlesetext

▶ Nachdem du dich auf der Wiese ausgeruht hast, streckst du dich, reckst die Arme von dir und stehst langsam auf. Du gehst zum kleinen Holztor in der großen Hecke zurück und drehst dich noch einmal zu deinem Traumgarten um und freust dich, dass er für dich da ist. Dann öffnest du leise das Tor, gehst hinaus und machst es hinter dir zu. Du weißt, dass du immer wieder hierher zurückkommen kannst. ◀

Baum

Vorlesetext

▶ Stell dir vor, du bist ein Baum. Was für ein Baum möchtest du sein? Es gibt auf der Erde viele verschiedene Bäume: große und kleine Bäume, schmale Bäume, die lang und stolz in der Landschaft stehen, mächtige, dicke Bäume, die man von weitem sieht, aber auch kleine, die noch wachsen, aus denen vielleicht ein langer oder ein eher dicker Baum wird.

Alle Bäume wachsen, manche schneller, manche langsamer. Einige werden ganz groß, die anderen nicht so groß. Aber alle Bäume stehen fest auf der Erde. Ihre Wurzeln graben sich ins Erdreich, und je mehr sie nach oben wachsen, desto tiefer müssen ihre Wurzeln reichen. Sie müssen sich fest mit ihren Wurzeln an die Erde klammern, denn der Wind zerrt und rüttelt an ihnen. Je größer der Baum ist, desto stärker spürt er den Wind, der ihn umwerfen will.

Wie alt mag diese von Moos überwachsene Rotbuche wohl sein? Bäume überleben uns Menschen zum Teil um Jahrzehnte. Sie stehen da und lassen in aller Ruhe die Stürme, Regenschauer, den Schnee und die Sommerhitze an sich vorüberziehen.

Manche Bäume stehen allein, andere in Gruppen oder in einem ganzen Wald. Wenn sie allein stehen oder oben auf einem Hügel, fallen sie mehr auf. Doch sie bieten dem Wind mehr Angriffsfläche. Stark zerrt der Wind an ihnen. Bäume im Wald oder in Gruppen geben sich gegenseitig Schutz. Jeder Baum braucht genug Platz, dass er wachsen kann. Sie kommen sich nicht zu nahe, und so kann sich jeder entfalten.
Bäume verändern sich. Im Frühjahr werden sie grün und bekommen Blätter. Die Blätter werden immer größer, und schließlich blüht der Baum. Im Sommer wachsen die Früchte und werden reif. Im Herbst werden die Früchte geerntet, und die Blätter werden gelb und rot. Sie fallen ab; der Wind bläst sie herunter. Dann überwintert der Baum ohne Blätter ganz kahl, bevor er im Frühjahr wieder treibt. Das ist bei den Bäumen so.
Bäume werden alt, und jeder Baum ist anders. Was für ein Baum möchtest du sein? ◀

Reden Sie mit den Kindern, welche Bäume sie kennen, was der Unterschied zwischen Laub-, Obst- und Nadelbäumen ist. Im Anschluss an die Visualisierung können Sie die Kinder Bäume darstellen oder malen lassen.

Bach

Vorlesetext

▶ Stell dir vor, du liegst in deinem Traumgarten. Du bist die hohe Hecke entlanggegangen, durch das kleine weiße Holztor getreten und fühlst dich frei von Sorgen und Angst.
Du liegst auf deiner Lieblingswiese, die Blumen duften, und die Vögel zwitschern. Du atmest tief ein und langsam wieder aus. Die Augen hast du geschlossen. Es ist ein warmer Tag, und du liegst entspannt im Gras und fühlst dich warm und behaglich. Du hörst den Bach plätschern, der durch den Garten fließt. Es ist ein kleiner Bach mit schneller Strömung. Stell dir vor, dass oben in den Bergen die Quelle deines Bachs liegt. Er entspringt irgendwo zwischen den Felsen. Klar und kalt fließt er als schnelles Rinnsal über die glatte Felswand. Weiter unten kommen von verschiedenen Seiten andere Rinnsale dazu. Es sind andere Quellbäche, und ein Bach besteht sogar aus Wasser, das weit oben von einem Gletscher abschmilzt. Sie fließen ein Stück gemeinsam, dann trennen sie sich wieder.

Auch der größte Fluss begann irgendwann als kleines Rinnsal im Gebirge.

Manchmal kommt noch ein Bach dazu, andere Rinnsale versickern wieder zwischen Felsspalten. Schnell fließt das Wasser, sucht sich seinen Weg über Steine und durch einen kleinen Bergwald. Inzwischen ist der Bach größer geworden, d.h., dass ihm mehr Wasser zugeführt wird, als er durch Versickern

verliert. Wenn er durch deinen Traumgarten fließt, ist er noch kühl und klar. Er ist ein junges Gewässer, das einen weiten Weg vor sich hat. Beobachte ihn auf seinem Weg.
Voller Energie fließt der Bach aus deinem Garten hinaus, weiter durch Felder und Wiesen. Er hat sich ein festes Bachbett gegraben. An seinen Ufern steht Schilf. Noch ist er nicht tief genug, dass man in ihm schwimmen kann. Aber es tummeln sich schon viele Pflanzen und Tiere in ihm. Fische, Krebse, Wasserschnecken, sie alle lieben das frische, klare Wasser des Bachs. Stell dir den Bach vor, wie er ungestüm durch die Wiesen fließt und alles mitreißt, was leicht ist: Federn, Grashalme, kleine Zweige. Manchmal stürzt er sich auch als kleiner Wasserfall über die Felsen hinunter.
Nicht viel später fließt er in einen größeren Bach. Dort, wo der kleine Bach in den großen mündet, verwirbelt das Wasser. Der große Bach ist schon ein kleiner Fluss. Sein Wasser fließt deutlich langsamer und ist tiefer. Es wirkt grünlich und hat eine ruhigere Oberfläche.
Der kleine Fluss plätschert nicht mehr wie ein Bach, und er ist so breit, dass man nicht mehr mit einem großen Satz über ihn springen kann. Er fließt zügig und durchquert mehrere Dörfer. Immer mehr Bäche fließen in den Fluss, und er wird immer breiter und behäbiger. Sein Bett weitet sich, das Wasser wird tiefer und trüber. Man sieht den Grund des Flussbetts nicht mehr. Lange Wasserpflanzen wuchern im Fluss und strecken sich in seiner sanften Strömung.
Immer breiter und langsamer wird der Fluss. Seine Oberfläche ist glatt, sein Wasser dunkel. Du kannst kaum wahrnehmen, dass er fließt, so ruhig gleitet er dahin. Nur wenn etwas auf der Wasseroberfläche schwimmt, siehst du, wie es weggetragen wird. Langsam bewegt er sich auf das Meer zu, in das alle Flüsse münden.
Schließlich mündet der große Fluss ins Meer. Das Meer nimmt den Fluss auf und verwandelt ihn. Im Rauschen der Meereswellen verbindet sich das Wasser aus unzähligen Flüssen mit den unendlichen Weiten der Ozeane.
Leg dich an den Strand des Meeres. Es ist ein schöner Sandstrand. Die Sonne scheint auf dich herunter. Hörst du das gleichmäßige Rauschen der Wellen? Es sind große, ruhige Meereswellen. Dein Atem geht langsam wie die Wellen. Du atmest tief ein und wieder aus, regelmäßig und ruhig. Du spürst die Wärme der Sonne und die Kraft des Meeres. Du bist ganz ruhig und fühlst dich gut, ausgeglichen und stark. ◀

Lassen Sie die Kinder eine Zeit lang bei diesem Bild verharren. Fragen Sie sie, was sie während der Flussreise alles gesehen haben.

Ist ein Kind unruhig und nervös, hat meist die ganze Familie mit diesem Problem zu tun. Entweder sind alle davon genervt und reagieren mit Vorwürfen oder Klagen, oder es gibt einen schwelenden Konflikt, den das Kind spürt und ausagiert. Fängt die Familie z.B. mit autogenem Training an oder lesen die Eltern ihren Kindern Phantasiegeschichten vor, kommen alle zur Ruhe, und es entsteht ein harmonisches Miteinander.

Eisblock schmelzen

Vorlesetext

▶ Stell dir vor, du bist ganz warm und dick angezogen. Du hast eine Mütze mit Ohrenklappen auf dem Kopf, eine dicke Jacke an, warme Handschuhe an den Händen, eine gefütterte Hose und hohe Pelzstiefel an. Du bist rundherum gut eingepackt, und Kälte kann dir nichts anhaben. Es gibt sehr viele Dinge, die dich freuen, aber es gibt auch ein paar unangenehme Dinge, vielleicht sogar welche, vor denen du Angst hast. Jetzt denk an etwas, was dir Angst macht. Schau ruhig hin und lass deine Angst kommen, du bist dick angezogen, und sie kann dir so schnell nichts anhaben. Deine Angst steht jetzt da als kalter, klarer Eisblock. Du siehst deinen Atem als Dampfwolke. Es ist kalt, aber du atmest ruhig und gelassen weiter. Der Eisblock strahlt Kälte aus, aber das kann dir nichts anhaben. Schau dir den Eisblock an, er ist weiß und ganz leicht blau. Und wenn du genau hinschaust, wirst du sehen, dass er schmilzt. Von oben beginnt er zu schmelzen und kleiner zu werden. Die Oberfläche des Blocks wird glatt und klar, und er wird immer kleiner. Deine Angst schmilzt und schmilzt, und dir wird immer wärmer. Der Eisblock ist nur noch so groß wie ein Fußball, du schaust hinunter und lächelst. Du setzt die Mütze ab, machst die Jacke auf und ziehst die Handschuhe aus. Der Eisblock deiner Angst ist nur noch so groß wie ein kleiner Eiswürfel. Du nimmst ihn in die Hand, und in deiner Hand schmilzt er und tropft auf den Boden, und nichts ist mehr von ihm übrig. Deine Angst ist weggeschmolzen und nicht mehr da. ◀

Wie viel Freude am Leben kann sich entwickeln, wenn die Angst verschwindet! Alles geht einem leicht von der Hand, und der Erfolg stellt sich sofort ein.

Wolkenflug

Vorlesetext

▶ Du liegst in deinem Traumgarten auf der Wiese. Als du durch das kleine weiße Holztor in der Hecke gegangen bist, hast du dich leicht und wohl gefühlt. Jetzt liegst du im Gras und spürst die warme Sonne auf dich herunterscheinen und blinzelst zum Himmel. Über dir wiegen sich die Zweige und Blätter des Baums, unter den du dich gelegt hast, im sanften Wind. Und zwischen den Blättern siehst du den Himmel. Am Himmel ziehen bauschige, weiße Wolken vorüber.

Stell dir vor, dass du plötzlich auf einer dieser Wolken sitzt. Du siehst die Welt von weit oben, alles ist ganz klein dort unten. Die Bäume sehen von oben aus, als hätten sie nur einen ganz kurzen Stamm. Von manchen Bäumen sieht man nur das grüne Blätterdach. Die Häuser scheinen von hier oben vor allem aus großen roten Dachflächen zu bestehen.

Langsam zieht die Wolke weiter, auf der du sitzt. Du hättest nie gedacht, so weit oben sitzen zu können, ohne Angst zu haben. Ein leichter Wind weht,

und die Wolke treibt langsam weiter. Du siehst Flüsse und Dörfer, Wiesen und Wälder. Du hast dich daran gewöhnt, dass von hier oben alles anders aussieht, und du vermisst nichts. Du drehst dich auf deiner Wolke um und bemerkst, dass sie viel größer geworden ist. Weiter hinten sitzen andere Kinder auf der Wolke. Du gehst zu ihnen, und langsam erkennst du sie. Es sind Freunde und Freundinnen von dir. Schau genau hin – erkennst du, wer sie sind? Du gehst zu ihnen und freust dich, sie zu sehen. Bei jedem Einzelnen von ihnen denkst du, es ist schön, dass er oder sie auch hier oben ist. Ihr setzt euch gemeinsam hin und redet miteinander. Ihr spielt ein paar Spiele, und alles ist schön und ruhig. Ihr schaut gemeinsam auf die Erde, die weit unter euch liegt. Alles dort unten sieht so klein und unwichtig aus. Dann geht ihr auf der Wolke spazieren. Du fühlst dich wohl in der Gesellschaft der anderen. Nachdem ihr eine Weile gegangen seid, setzt ihr euch hin. Ihr seid müde vom Spazierengehen. Du legst dich auf den Rücken. Die Wolke ist weich. Ihr redet miteinander, macht ein paar Witze. Du atmest tief und schläfst ein.
Nach einer Weile wachst du wieder auf. Du liegst in deinem Traumgarten auf der Wiese unter dem Baum. Langsam öffnest du die Augen und blinzelst durch die Blätter zum blauen Himmel hoch. Eine große weiße Wolke zieht vorüber. Du reckst und streckst dich und fühlst dich voller Energie.

Angst entsteht dann, wenn sich Kinder überfordert fühlen. Sie denken, sie schaffen es nicht, die Erwartungen zu erfüllen, und würden versagen. Sie als Eltern sollten in diesem Fall Ihre Ansprüche an sich selbst und an Ihr Kind einmal hinterfragen. Vielleicht üben Sie ganz unbewusst Druck aus, vielleicht auch nur, weil Sie Ihrem Kind helfen wollen, vielleicht weil Sie selbst unsicher sind.

Tautropfen in der Morgensonne

Vorlesetext

Stell dir vor, du bist eine Pflanze. Suche dir irgendeine aus: einen Baum, eine kleine Blume, z. B. ein Gänseblümchen, oder eine große Blume wie die stolze Rose oder einen Grashalm oder ein Schilfrohr am Flussufer.
Wir haben Mai, der Sommer hat also gerade angefangen, und die Nächte sind noch feucht. Es ist morgens, alles um dich her ganz still. Schau dich um. In welcher Umgebung stehst du? Hast du Nachbarn? Gibt es etwas zu hören? Vielleicht der erste Gesang einer Amsel oder eine früh aufgestandene Biene.
Betrachte dich jetzt: deinen Stamm oder Stiel, deine Blätter oder Äste, deine Blüte, die Form und Farbe, die Verästelungen.
Wenn du eine Blüte hast, wirst du sie jetzt wohl öffnen. Spürst du die Tautropfen und wie sie dich erfrischen? Sie perlen kühl an dir herab, und du wirst dadurch immer wacher und klarer. Auch mit deinen Wurzeln in der Erde nimmst du Wasser auf. Es steigt hoch und erfrischt dich von innen. Die Wurzeln graben sich immer tiefer in die Erde, um noch mehr Feuchtigkeit aufzusaugen. Du bekommst Energie. Sie strömt durch dich hindurch und erfüllt alle Blätter und Zweige. Du wirst immer kräftiger und immer wacher.

Extra: Stereotypes Verhalten

Eine Verhaltensauffälligkeit liegt dann vor, wenn Ihr Kind kurzzeitig ein Verhalten an den Tag legt, das Ihnen ungewöhnlich vorkommt. Darunter fallen z.B. verstärktes Daumenlutschen, Ess- und Sauberkeitsprobleme oder Ängste. Hier kann mit relativ einfachen Mitteln geholfen werden. Geduld und verständnisvolle Gespräche stehen an erster Stelle.

Kinder und auch Erwachsene reagieren unter Stress oder bei Angst oft mit einer Art stereotypem Verhalten. Rhythmus und Wiederholung haben eine beruhigende Wirkung. Wie schon eine Mutter ihr weinendes Baby schaukelt, um es zu beruhigen, schaukeln Kinder in schwierigen oder aufregenden Situationen oft auf ihrem Stuhl hin und her oder bewegen sich auf eine andere Art rhythmisch. Solche Handlungen sind meist von kurzer Dauer und verlieren sich wieder, wenn das Kind gelernt hat, Stresssituationen besser zu meistern. Manchmal tritt stereotypes Verhalten aber auch länger und intensiver auf. Kann es nicht mehr ignoriert werden, so sollte das Kind wegen dieses Verhaltens keinesfalls getadelt werden, sondern es sollte Lob und Anerkennung erfahren, wenn es dieses Verhalten nicht zeigt.

Extra: Hyperaktivität

So manches Kind kommt in einer Phase starker Aktivität den Eltern und Erzieherinnen hyperaktiv vor. In den meisten Fällen kann man jedoch nur von einem sehr lebhaften Kind sprechen. Hyperaktiv ist ein Kind dann, wenn die Aktivität des Kindes das Leben zu Hause, im Kindergarten und im Umgang mit anderen erheblich stört, wenn es buchstäblich nicht zwei Minuten ruhig sein kann und überall seine Nase hineinstecken muss. »Echte« Hyperaktivität geht einher mit Aufmerksamkeitsstörungen, Konzentrationsmangel und Impulsivität, manchmal auch mit Reizbarkeit und Ruhelosigkeit. Einer medizinischen Theorie zufolge sind Teile des Gehirns gestört, die die Aufmerksamkeit steuern und unerwünschte Reize herausfiltern. Wissenschaftlich bezeichnet wird die Hyperaktivität als hyperkinetisches Syndrom (HKS), dessen Symptom bei Jungen meist Überaktivität, bei Mädchen eine Störung der kognitiven Fähigkeiten zu sein scheint, so dass diese Verhaltensstörung öfter bei Jungen diagnostiziert wird. Es gibt keinen Test zum eindeutigen Nachweis der Hyperaktivität, nur Hinweise auf neurologische Unausgereiftheit können den Verdacht auf das HKS nahe legen. Jedenfalls sollte man sich davor hüten, jedes als übermäßig lebhaft empfundene Kind als verhaltensgestört nach dem hyperkinetischen Syndrom zu bezeichnen. Hyperaktive Kinder haben zumeist psychische Probleme. Sie haben an den Folgen zu leiden, die sich aus den Reaktionen anderer Kinder auf ihr Verhalten ergeben; sie erscheinen als sprunghaft, unzuverlässig, impulsiv, undiszipliniert, haben meist Schwierigkeiten mit Freundschaften, leiden unter mangelndem Selbstbewusstsein, Einschlafschwierigkeiten und können Depressionen entwickeln.

Wenn Sie glauben, ein hyperaktives Kind zu haben, oder wenn Sie sich über den Problemkreis Hyperaktivität bei Kindern informieren wollen, wenden Sie sich an: Arbeitskreis Überaktives Kind, Dieterichstraße 9, D-30159 Hannover. Dort erhalten Sie Informationsmaterial, Kontaktadressen von Selbsthilfegruppen und die Nummern der telefonischen Beratungsstellen.

Extra: Aggressives Verhalten

Aggressives Verhalten ist, wenn es sich einfach um eine noch undisziplinierte Form, sich zu behaupten oder eigene Interessen durchzusetzen, handelt, nicht weiter besorgniserregend. Zeigen Sie Ihrem Kind, dass Sie Verständnis für seine überwältigenden Gefühle haben, machen Sie aber eindeutig klar, was Sie von ihm erwarten. Nehmen Sie sich Zeit zum Gespräch. Nach einiger Zeit wird die Krise ausgestanden sein. Verhält sich Ihr Kind aber über längere Zeit destruktiv, findet es keinen unbekümmerten Umgang mit anderen und sind auch Sie am Ende Ihrer Geduld, ist eine professionelle Beratung hilfreich. Oft geht die Symptomatik einher mit Durchschlafstörungen, Wutanfällen, häufigem Weinen und extremer Unruhe. Gemeinsam mit dem/der Therapeut/in versuchen die Eltern und das Kind, konkrete Lösungsstrategien zu entwickeln.

Verhaltensstörungen sind chronifizierte Verhaltensauffälligkeiten. Sie bestehen über einen längeren Zeitraum – von drei Monaten bis zu mehreren Jahren –, werden von den Kindern selbst und von der Umgebung negativ bewertet, und die Eltern sind meist hilflos. Fachleute geben an, dass Verhaltensstörungen in der Regel frühestens ab dem fünften Lebensjahr auftreten können.

Extra: Phobie

Unter einer Phobie versteht man eine unbegründete starke Angst. Gerade im Vorschulalter entwickelt sich mit der größeren Aufnahmefähigkeit auch die Phantasiekraft des Kindes stark. Am meisten verbreitet sind dabei Ängste vor Gespenstern, Räubern, der Dunkelheit und bösen Träumen. Nur wenn sich das Kind regelrecht in diese Ängste hineinsteigert und sich nur sehr schwer wieder beruhigen lässt, spricht man von einer Phobie.

Extra: In den Schlaf schaukeln

Eine unbedenkliche stereotype Handlung, die oft automatisch bei Entspannung einsetzt und am häufigsten in der Einschlafphase auftritt. Bei heftigen Bewegungen müssen Sie darauf achten, dass sich das Kind nicht an der Wand oder am Bettgestell verletzt.

Extra: Zuckungen beim Einschlafen

Physiologisch bedingte Reaktion der Entspannung, die den Schlafbeginn anzeigt, aber zum Erwachen führen kann. Das Kind beruhigt sich meist schnell wieder und schläft dann gleich ein.

Literatur

Christina Buchner: Stillsein ist lernbar. Verlag für angewandte Kinesiologie. Freiburg 1994

Jennifer Day: Schließe deine Augen und stell dir einmal vor … Kösel Verlag, München 1996

Else Müller: Träumen auf der Mondschaukel. Kösel Verlag, München 1995

Volker Friebel: Weiße Wolken, Stille Reise. Ökotopia Verlag, Münster 1996

Sabine Friedrich/Volker Friebel: Entspannung für Kinder. Rowohlt Taschenbuch Verlag, Reinbek 1995

Annette Cramer: Kinder fördern durch Sprechen und Singen. Südwest Verlag, München 1995

Dorothée Kreusch-Jacob: Das Musikbuch für Kinder. Ravensburger Verlag, Ravensburg 1992

Volker Friebel/Susanne zu Knyphausen: Geschichten, die Kinder entspannen lassen. Südwest Verlag, München 1995

Volker Friebel: Wie Stille zum Erlebnis wird. Herder Verlag, Freiburg i. Br. 1995

Ulrike Petermann (Hrsg.): Ruherituale und Entspannung. Schneider Verlag Hohengehren, Baltmannsweiler 1996

Elke Fuhrmann: Zaubergarten und Lieblingswiese. Humboldt Taschenbuchverlag, München 1996

Isolde Lenniger: Entspannung und Konzentration. Cornelsen Verlag, Frankfurt 1995

Ulrike Petermann: Entspannungstechniken für Kinder und Jugendliche. Beltz Psychologie Verlags Union, Weinheim 1996

Annette Breucker: Schmusekissen und Kissenschlacht. Ökotopia Verlag, Münster 1996

Über die Autoren

Martin Stiefenhofer studierte Pädagogik und Germanistik. Er arbeitet an der Pädagogischen Hochschule in Minden.
Anna Elisabeth Röcker ist als selbstständige Heilpraktikerin und Yogalehrerin in München tätig.
Udo Neumann arbeitet äußerst vielseitig als Entspannungstherapeut, Autor, Dozent und Berater in München.

Hinweis

Das vorliegende Buch ist sorgfältig erarbeitet worden. Dennoch erfolgen alle Angaben ohne Gewähr. Weder die Autoren noch der Verlag können für eventuelle Nachteile oder Schäden, die aus den im Buch gegebenen Hinweisen resultieren, eine Haftung übernehmen.

Anmerkung der Redaktion

Bitte beachten Sie, dass wir diesem Buch die neuen amtlichen Rechtschreibregeln zu Grunde/zugrunde gelegt haben.

Bildnachweis

Bilderberg, Hamburg: 5 (nonstock); Das Fotoarchiv, Essen: 31 (Andreas Riedmiller), 83 (Herbert Maeder); IFA-Bilderteam, Taufkirchen: 28 (Aberham), 40 (Löhr), 115 (E. Pott); Rehm Claudia, Stockdorf: U2, U4, 17; Südwest Verlag. München ©: Titelbild, 13, 22, 24, 33, 88, 93 (Claudia Rehm), 76 (Andreas Busert); The Image Bank, München: 34 (Terry Williams), 66 (Robert Kristofik), 102 (Mahaux Photo); Tony Stone, München: 68 (Don&Pat Valenti), 71 (Andy Sacks), 95 (Art Wolfe), 105 (Laurie Campbell), 107 (Andreas Pollok)
Illustrationen: Gerhard Prokop, München

Quellennachweis

42: »Das Falterlied«; 43: »Ich bin ein kleiner Tanzbär«; 44: »Horch, horch …« aus: Das Musikbuch für Kinder, von Dorothée Kreusch-Jacob. © Verlag Ravensburger, 1992.
45: »Einschlaflied« aus: Lieblingslieder für Kinder, von Gertrud Weidner und Susanna zu Knyphausen. © Südwest Verlag München, 1995.

Impressum

© 1997 Südwest Verlag GmbH & Co. KG, München
Alle Rechte vorbehalten.
Nachdruck – auch auszugsweise – nur mit Genehmigung des Verlages.

Redaktion:
Monika Zilliken, Michaela Breit
Projektleitung:
Ernst Dahlke
Bildredaktion:
Sabine Kestler
Produktion:
Manfred Metzger
Umschlag:
Till Eiden
Innenlayout:
Wolfgang Lehner
DTP/Satz:
Reiner Löb
Druck:
Biedermann Druck, München
Bindung:
R. Oldenbourg, München
Printed in Germany

Gedruckt auf chlor- und säurearmem Papier

ISBN 3-517-01981-X

Register

Raum für eigene Erfahrungen

Raum für eigene Erfahrungen